KE
RO
ZE
NE

DE LA MÊME AUTRICE

La Vraie Vie, L'Iconoclaste, 2018

L'Iconoclaste,
26, rue Jacob, 75006 Paris
Tél. : 01 42 17 47 80
iconoclaste@editions-iconoclaste.fr
www.editions-iconoclaste.fr

KERCOZENE

ADELINE DIEUDONNÉ

L'ICONOCLASTE

À Cécile,
ma mère

23 h 12. Une station-service le long de l'autoroute, une nuit d'été. Si on compte le cheval mais qu'on exclut le cadavre, quatorze personnes sont présentes à cette heure précise.

Quelqu'un crie : « Madame ! » Une vieille enjambe le garde-fou et murmure pour elle-même : « Désolée, chaton. » La femme qui a crié s'appelle Julianne. Alertés, les autres lèvent la tête. Alika, assise sur un banc juste à côté d'elle. Victoire, une jeune femme au crâne rasé en train de faire le plein d'un petit SUV. Short court, jambes longues, combat shoes. Plus loin, sur le parking, Joseph, l'air d'un bon gars, grand, les épaules voûtées dans une chemise trempée de sueur. La seule qui n'a pas l'attention attirée vers la vieille c'est Gigi, trop occupée à vomir sur les pneus de sa 911. À quelques mètres d'elle, Juliette s'allume une clope, sous un panneau de sécurité routière. Elle tient la caisse de la station-service, avec Sébastien.

Juliette a remarqué la vieille quand elle est arrivée, une vingtaine de minutes plus tôt. Elle était seule. Après avoir fureté entre les rayonnages, elle s'est approchée du comptoir.

« Vous avez du gin ?

– Ah non, on ne vend pas d'alcool.

– Mais vous avez de la bière ? »

Juliette a eu un léger haussement d'épaules. Avec un sourire résigné, la vieille s'est dirigée vers le frigo et en a sorti une cannette de 33 cl, ce qui a soulagé Juliette. 33 cl, ce n'est pas 50 cl. 33 cl, la personne a juste envie de se désaltérer. 50 cl, elle cherche autre chose. Juliette sait bien qu'avec 50 cl de bière elle n'est plus en état de conduire. À tous les coups elle repense aux paroles de Renaud, « Morts les enfants de la route, dernier week-end du mois d'août, papa picolait sans doute, deux ou trois verres, quelques gouttes ». Puis la chanson s'embourbe dans sa tête pour le reste de la nuit, comme un cerf pris dans un marécage. Et ça lui charcute le moral. Mais la vieille a choisi la cannette de 33 cl. Ça va. Elle a payé puis est sortie. Tout ce qu'elle voulait, c'était du silence et de l'alcool.

Elle a longé le restaurant fermé aux fenêtres hexagonales sur lesquelles étaient placardées des photos de boulettes sauce tomate et de frites. Délavées les photos, grises les boulettes, blanches les frites. À l'extrémité du bâtiment, quelques tables en plastique jaune, délavées elles aussi. Et des parasols repliés dans leurs housses bleues, comme des bougies éteintes sur un gâteau rassis. La vieille a salué Julianne et Alika, a choisi la table la moins sale et s'est assise.

Elle a été surprise par le calme de l'endroit. Si on lui avait demandé de décrire une station-service de nuit, elle aurait évoqué le vacarme, instinctivement. Vacarme des camions sur l'autoroute, vacarme d'une grosse Harley, vacarme de types qui crient d'un bout à l'autre du parking : « DES WINSTON OU DES MARLBORO ? » – « QUOI ??? »

– « DES WINSTON OU DES MARLBORO ? » – « NON, DES CAMEL. » – « AH OK ! » « LIGHT ! » – « QUOI ? » – « LIGHT ! » Addition de tout un tas d'éléments qui, sans qu'elle ne les identifie individuellement, devaient créer un brouhaha à vous perforer le lobe préfrontal. Or non. Le bruit de l'autoroute ressemblait à une forme de ressac régulier et plutôt doux. Et les gens qui y passaient murmuraient plus qu'ils ne parlaient, comme s'ils avaient peur de réveiller un voisinage imaginaire. Il y avait presque du recueillement dans leurs gestes et dans leurs pas. Peut-être que la route, la chaleur invitaient à un état méditatif qu'ils essayaient de préserver pendant le ravitaillement.

La vieille observait la procession de ces voyageurs nocturnes en pensant à leurs combats, à leurs peurs, à cet enchevêtrement d'événements aléatoires qui dessinent une vie, unique et irremplaçable. Elle aurait aimé leur demander à chacun de raconter. Cette jeune femme en survêt qui se dirige vers la cafétéria ? Et ce type qui sort des jerricans de sa dépanneuse ? Lui, elle pouvait le deviner sans peine. C'était facile.

Un homme est descendu d'une Citroën immatriculée en Suisse, qui tirait un van dans lequel un cheval piaffait. Un type efflanqué, avec un visage qui fascina la vieille. Des yeux bleus très clairs, des cils longs qui donnaient l'impression d'un léger trait d'eyeliner sous la paupière, une bouche pleine, des cheveux noirs un peu ondulés. Il y avait quelque chose de délabré chez cet homme. Et de dangereux. Quand il s'est agenouillé pour vérifier la pression de ses pneus, la vieille a noté qu'il ne se servait que de son bras gauche, le droit se balançant inerte, comme un pendu au bout de sa corde.

Ça sentait l'essence, l'asphalte amolli par la canicule, mais aussi, porté par une brise glissant des hauts plateaux ardennais, le parfum des bruyères, de la roche humide et des tourbières.

À 23 h 13, la vieille a franchi le garde-fou. Elle s'appelle Monica.

Chelly

Chelly avait besoin de se calmer. Elle inspira un grand coup et décida de faire une pause. Elle aimait les stations-service de nuit, sans trop savoir pourquoi.

Ça lui évoquait Dire Straits.

Elle s'imaginait sur une route poussiéreuse du Montana, au volant d'un pick-up sans âge, la voix rocailleuse et la guitare électrique de Mark Knopfler dans les oreilles, roulant libre et sans attaches vers une destination où il serait question de chevaux, d'un ranch et d'une fête au milieu d'une prairie, avec un grand feu sur lequel grilleraient des spare ribs et des marshmallows.

Et il y aurait ce gars qui jouerait de la guitare, un peu Mark Knopfler, un peu Robert Redford dans *L'homme qui murmurait à l'oreille des chevaux*, un peu Clint Eastwood sur la route de Madison.

Un homme solide, fort, solitaire.

Un type à qui on ne la fait pas, qui aurait vécu une histoire douloureuse, une femme et un gamin morts dans un accident de la route ou quelque chose comme ça…

Un cœur un peu triste qui arpenterait la plaine sur son cheval Appaloosa, menant son troupeau de vaches vers l'abattoir. Elle l'imaginait endormi sous un ciel étoilé, la tête posée sur sa selle western, ses cheveux blonds caressés par le vent qui se lèverait sur le lac Missoula.

La peau de son cou sentirait le cuir souple, l'herbe sèche et la résine de cèdre.

Il la remarquerait, elle, Chelly.

Sans cesser de jouer de la guitare, il poserait les yeux sur ses fesses moulées dans un Levi's low waist taille 26. Son ventre tendu sous une chemise à carreaux nouée juste au-dessus du nombril, ses bras sculptés par des années de pole dance.

Et son cœur sauvage de cow-boy solitaire recommencerait à battre un peu.

Pour elle, Chelly.

Chelly rêvassait à tout ça en se garant sous le néon du panneau de sécurité routière « Toutes les deux heures, une pause s'impose ! » sur lequel un type souriait, une petite fille dans les bras. Un type qui avait l'air bêtement heureux avec sa gamine et sa calvitie naissante.

En descendant de sa voiture, Chelly sentit une pointe d'agacement lui chatouiller la gorge. Ce type sur le panneau lui faisait penser à Nicolas, son mari. Et ces derniers temps, penser à Nicolas éveillait systématiquement une forme d'animosité chez Chelly.

En traversant le parking, elle nota le reflet orangé des lampadaires sur son bras. Ça mettait en valeur le galbe de son deltoïde et de son biceps. Elle prit une photo et la posta sur Instagram. « Come on girls ! That's what you should look like ! #motivation #hardwork #power #muscles #polefitness ».

Chelly était prof de pole dance. Mais avant tout, Chelly était influenceuse. ChellyPoleFitness, son compte Instagram, comptait pas moins de 43,7 K abonnés.

Quelques heures plus tôt, en rentrant chez elle, Chelly s'était sentie fatiguée, démotivée, comme si toute sa vitalité était aspirée par un vortex dont elle ne connaissait que trop le point d'origine.

Elle avait poussé la porte de son pavillon de banlieue avec la sensation d'entrer dans la gueule d'un monstre flasque à l'haleine de caveau. Elle s'était souvenue des Détraqueurs dans *Harry Potter*, ces créatures fantomatiques qui se nourrissent du bonheur des gens, les vidant de toute pensée positive, de toute énergie vitale.

Et elle avait retrouvé Nicolas. Ils étaient mariés depuis onze ans. Nicolas était régisseur adjoint sur les plateaux de cinéma. Un métier difficile, rigoureux, aux horaires aléatoires, qui exige d'être débrouillard, résistant au stress et à la fatigue.

Onze ans plus tôt, ce qui avait séduit Chelly chez Nicolas c'était un peu tout ça.

Avec son Leatherman et un peu de scotch, Nicolas pouvait transformer n'importe quelle maison délabrée en un endroit vivable.

La première fois qu'elle l'avait vu, c'était à un barbecue chez des amis qui vivaient dans une casse automobile. Nicolas était en train de fabriquer des canapés avec quelques vieux pneus et des ceintures de sécurité récupérées dans les carcasses de voiture. En moins d'une heure, il avait transformé ce trou sordide en un joli petit salon d'extérieur, avec quelques phares usagés en guise de lampions.

Chelly s'était dit qu'en cas de guerre nucléaire c'était exactement avec un homme comme Nicolas qu'elle choisirait de se lancer dans la grande aventure de la survie. Elle l'imaginait bien dans leur campement de fortune, torse nu, avec un pantalon à poches kaki et un arc à flèche artisanal sur le dos, disparaître dans la forêt en lui disant : « Reste avec les enfants, je vais chercher à manger. »

Et elle le verrait revenir quelques heures plus tard portant la dépouille fumante d'un cerf sur ses épaules musclées, des filets de sang de l'animal égorgé s'écoulant sur son torse glabre, à la peau tannée par un soleil impitoyable.

Et quand elle l'imaginait comme ça au début de

leur relation, elle lui sautait dessus pour lui faire l'amour. Ce qui pouvait arriver plusieurs fois par jour. Et pendant qu'il était en elle, dans le feu de l'action, elle remplaçait l'arc à flèche par un fusil à canon scié et elle jouissait.

Leur mariage avait été prononcé à la maison communale, suivi d'une fête dans la buvette d'un club de sport qui sentait le potage froid.

Ils avaient acheté une petite maison grise dans une rue grise d'un quartier gris du nord de la ville, parce que les prix y étaient abordables.

La petite maison était propre, fonctionnelle, avec du carrelage et des matériaux bas de gamme. Dénuée de charme, mais ils s'en foutaient tous les deux du charme…

Ils avaient été heureux au début. Ils se disputaient parfois mais ils s'aimaient et plus que tout ils étaient fiers l'un de l'autre.

Chelly ne demandait pas grand-chose à Nicolas. Juste de la force, de la discipline et de la rigueur. Elle croyait en ça, Chelly. Comme d'autres croient en Dieu ou au syndicalisme. Elle se voyait comme un animal évoluant dans un écosystème soumis à la loi du plus fort. Les gagnants, les perdants. C'était simple à comprendre. Même un gosse de quatre ans était capable de palper cette réalité : tu bosses, tu survis, tu bosses pas, tu crèves. La sélection naturelle, les plus forts s'en sortent, tant pis pour les autres. C'est la loi de la nature. Limpide, nette et implacable. C'est si simple à comprendre.

En une décennie de travail acharné, Chelly avait creusé son trou, s'était forgé une réputation, surpassant ses concurrentes les plus tenaces.

43,7 K abonnés sur Instagram.

Merde, 43,7 K abonnés sur Instagram, c'était une performance de guerrière. Se constituer une telle audience était une chose, encore fallait-il la maintenir. Poster quinze, vingt photos par jour, motiver ses troupes, être au top de sa forme. Elle était un modèle, une icône, une référence. Elle régnait sur sa communauté comme une louve sur sa meute. Elle était une meneuse-née, elle avait ça dans le sang, elle le savait.

Nicolas, lui, voyait son travail comme un truc qu'il devait faire pour ne pas avoir d'ennuis. Des parents satisfaits, des factures payées, un emprunt remboursé… Ça n'avait rien d'amusant mais il fallait le faire.

Au début il avait aimé son métier. C'était nouveau, valorisant. Il avait l'impression de ressembler un peu à son idole d'enfance, MacGyver. Puis la lassitude s'était installée.

Aujourd'hui, tout ce qu'il restait de MacGyver, c'était un gars un peu bedonnant qui gaspillait sa petite flaque d'énergie vitale à se plaindre de son travail. Le boulot de Nicolas se résumait à une source intarissable de frustrations, de vexations, de complots, de mesquineries et de coups bas.

Quand il avait commencé à se plaindre, Chelly s'était demandé pourquoi il ne changeait pas de métier, puis elle avait compris que Nicolas aimait ça, se plaindre. Elle l'avait décelé dans sa façon de raconter ses journées : il ménageait ses effets, se soulageait de ses ressentiments avec le plaisir béat d'un nourrisson qui remplit sa couche.

Il servait à Chelly sa ration quotidienne de lamentations complaisantes avec un petit sourire de fouine. Ça commençait toujours par un « Ah, je ne t'ai pas encore raconté ? » (sachant pertinemment que non), suivi d'un « Attends, ça vaut de l'or ».

Et il prenait son temps. Il baissait un peu la voix, plantait ses yeux dans ceux de Chelly tout en penchant son visage vers le sol dans une attitude de soumission, la tête rentrée dans les épaules. Chelly l'observait en se disant que si le mot « sournois » devait avoir un visage, ce serait celui de Nicolas. Elle avait l'impression que son vocabulaire s'était déformé, privilégiant les mots contenant un maximum de S pour rendre son discours plus persiflant. Même son visage semblait avoir changé. Son nez s'était allongé, son menton avait reculé, ses yeux s'étaient tapis au fond de leurs orbites comme deux petits roquets prêts à aboyer.

Et ce sourire… Cette jubilation dans l'auto-apitoiement, c'était sans aucun doute l'origine du vortex qui aspirait la vitalité de Chelly.

Ce soir-là en tout cas, elle s'était sentie lasse. Et la lassitude n'avait pas sa place dans le répertoire émotionnel de Chelly.

Quand elle était rentrée, Nicolas était déjà à la maison. Il avait fini tôt aujourd'hui. Il l'attendait en grignotant des chips aux pickles assis sur son tabouret haut, accoudé au bar de la cuisine.

Elle l'avait embrassé sans affection. Un réflexe dénué de sens. Leurs baisers, c'était ça désormais. Et quand ils faisaient l'amour, c'était ça aussi. Un truc clinique, qu'ils accomplissaient moins par envie que parce que ça faisait partie de la panoplie du couple.

T'es en couple, tu fais l'amour. C'est comme ça.

Si tu le fais pas, ça devient un truc bizarre, un problème qu'il faudra gérer à terme.

Et puis, côté physiologique, faire l'amour c'était excellent à de multiples points de vue. Elle s'était renseignée sur Internet. Un très bon exercice cardiovasculaire, une manière efficace de brûler les graisses et d'augmenter la production de dopamine, une hormone qui améliore les performances physiques.

Elle avait posé ses affaires et était montée prendre une douche. Elle s'était déjà lavée au club de sport, mais c'était une façon de gagner du temps.

L'idée de rejoindre Nicolas dans la cuisine la séduisait autant que la perspective d'un tête-à-tête avec un cadavre de phoque en décomposition.

Alors elle avait un peu pensé à Mike. C'était le prof de hip-hop qui bossait dans la salle à côté de la sienne. Un corps de félin, long, sec, souple. Une peau crémeuse, un dos qui aurait détourné de ses vœux la plus fervente carmélite. Tout en Mike évoquait une sexualité sauvage. Cet homme semblait être sur le point de faire l'amour à chaque instant. Sa façon de bouger, sa démarche, sa main gauche qui attrapait sa bouteille d'eau, sa main droite qui dévissait le bouchon. Même quand il lui faisait la bise dans le couloir de l'école de danse, Chelly avait l'impression qu'il allait l'attraper là, contre le mur, devant tout le monde.

Mais Mike n'avait jamais manifesté le moindre désir pour Chelly.

Il devait être gay.

En sortant de sa douche Chelly avait enfilé un survêt, puis elle était descendue rejoindre Nicolas.

Dans la cuisine, sur le plan de travail en stratifié imitation pierre bleue, elle avait commencé à préparer le jus « vitalité » qu'elle prenait avant chaque repas. Elle coupait des carottes, de la betterave et du gingembre, qu'elle passait ensuite à l'extracteur.

Elle avait fait une photo des ingrédients qu'elle avait postée sur Insta. « One Chellyjuice a day, keeps the doctor away ! Pas d'entraînement sans carburant, girls… #beetroot #carrot #ginger #discipline #organic ».

Nicolas attendait son heure, perché sur son tabouret comme un vautour guettant sa proie, avec son grand sachet de chips goût pickles. Chelly lui avait dit huit cents fois de les mettre dans un bol, de ne pas manger directement dans le paquet, que c'était un truc de bouseux. Ce à quoi Nicolas lui répondait chaque fois : « Oh c'est bon, on est entre nous. »

Donc Nicolas piochait consciencieusement dans le paquet. Ça faisait un bruit qui rendait Chelly hystérique. Des petits « schaff schaff » qui ponctuaient chaque phrase de Nicolas.

Il avait commencé sa logorrhée quotidienne.

Aujourd'hui il était question du régisseur général, son chef, un incompétent doublé d'un pervers qui, d'après Nicolas, l'avait pris en grippe dès le premier jour et cherchait à saboter son travail car il voyait en lui un rival redoutable, prêt à l'éjecter de son poste avant la fin du tournage.

« Et là, je lui explique que j'ai passé deux heures après la fin de journée à ranger le camion et à rassembler le matos que ces cons de machinos nous avaient piqué et avaient laissé traîner un peu partout, et là, tu sais ce qu'il me dit ? » (schaff schaff).

« Nan mais attends, tu vas adorer, il vaut de l'or ce mec… Il me dit, comme ça hein, j'te jure, il me dit : "Personne t'a demandé de le faire" » (schaff schaff).

« Du coup, il veut pas me les payer ces deux putains d'heures sup, tu le crois ça ? » (schaff schaff).

« Non mais je m'en fous parce que de toute façon personne peut le blairer ce gars, j'ai qu'à aller en parler avec… »

Là, Nicolas s'était arrêté net au milieu de sa phrase.

Enfin, ce qui l'avait arrêté net c'était la lame du couteau qui était venue se planter dans son épaule, juste sous la clavicule gauche.

Chelly avait visé le cou. Mais à trois mètres de distance, sans aucune préparation, elle avait quand même été satisfaite du résultat. Elle avait ressenti la même jubilation que lorsqu'on réussit à jeter une boulette de papier dans la corbeille.

Les yeux de Nicolas s'étaient d'abord posés sur le couteau, surpris, puis étaient allés vers sa femme, cherchant une explication. Chelly le fixait d'un regard impassible. Le couteau venait bien d'elle.

Ensuite les yeux de Nicolas s'étaient reposés sur le couteau, comme pour appréhender cette réalité nouvelle, puis étaient retournés vers Chelly pour chercher la deuxième explication : pourquoi ?

Pendant que le regard de Nicolas voyageait entre le couteau et elle, Chelly avait pensé qu'il avait maintenant le choix entre deux types de réactions : soit le gars au pantalon à poches kaki et au fusil à canon scié se réveillait et elle allait se prendre la raclée de sa vie, soit le petit bonhomme bedonnant au menton fuyant y verrait une source d'auto-apitoiement suffisamment abondante pour s'y abreuver jusqu'à la fin de sa vie.

Elle venait de donner le gong de départ d'un combat entre MacGyver et les chips aux pickles. Restait à savoir qui allait gagner.

« Mais enfin t'es dingue, pourquoi t'as fait ça ? »

Premier round pour les chips aux pickles.

Nicolas avait essayé tant bien que mal d'extraire la lame de son épaule.

« Aide-moi ! »

Chelly s'était approchée, avait saisi le manche et fait pivoter la lame d'un quart de tour dans la plaie. Nicolas avait hurlé et s'était effondré de douleur sur le carrelage blanc, imitation marbre de Carrare.

« Aaaaaah mais putain, Chelly ! »

Elle s'était assise à califourchon sur lui.

Il l'avait regardée, terrifié, incrédule.

Elle avait attendu quelques secondes, laissant une chance à MacGyver de se manifester. Une torgnole, une érection, un éclat de haine dans le regard, quelque chose, n'importe quoi…

Mais rien, juste un type à l'haleine de chips aux pickles qui se tortillait en pleurnichant entre ses jambes.

« Chelly, qu'est-ce que tu fais ? »

Chelly avait senti une vague de tristesse noire s'abattre sur elle. Ça lui avait fait l'effet d'une injection de jus de purin dans l'artère fémorale. L'homme qu'elle aimait n'avait jamais existé dans ce corps gémissant. Elle avait dû se tromper lorsqu'elle l'avait rencontré. Elle était jeune, sans doute un peu trop romantique. À cet instant, c'est le cœur de la jeune femme qu'elle avait été qui s'était serré. Son amour, son bel amour, son MacGyver n'existait pas. Elle avait été trompée par sa nature trop tendre.

Alors Chelly avait sorti la lame, qui avait touché une artère importante à en croire la quantité de sang qui s'était déversée par saccades chaudes sur le carrelage blanc.

Le teint de Nicolas, déjà pâle d'ordinaire, avait tourné au bleuté. Il se débattait toujours mais trop mollement au goût de Chelly. Elle n'avait aucune difficulté à le maintenir au sol, entre ses cuisses musclées. Il émettait des petits râles suppliants, les yeux exorbités par la terreur.

Le jeu commençait à la lasser, comme une étreinte amoureuse qui dure un peu trop longtemps.

D'un coup de lame rapide et précis, elle avait tranché la veine jugulaire.

Un flot brûlant s'était échappé du cou de son mari. Des torrents rouge sombre. Chelly y avait plongé les mains. Ce corps qui convulsait sous elle, ça lui avait provoqué une certaine excitation sexuelle. Elle aurait adoré lui faire l'amour là, tout de suite.

Mais déjà les convulsions avaient laissé la place à de légers spasmes réflexes.

Alors Chelly s'était relevée. Elle avait regardé son survêtement tout taché et elle s'était dit que si elle le mettait à tremper tout de suite, elle aurait sans doute une chance de le ravoir.

Puis elle avait réfléchi quelques minutes à une méthode pour nettoyer tout ça. Tout ce sang, ça avait été rigolo sur le moment mais le lavage allait être une autre paire de manches.

Elle avait colmaté la plaie dans la gorge de Nicolas avec du Tape gris argenté, pour éviter que du sang ne s'écoule encore quand elle déplacerait le corps. Elle l'avait entièrement déshabillé et avait jeté les vêtements poisseux dans un grand sac-poubelle, avec le paquet de chips aux pickles. Puis elle avait épongé le sang, sur le carrelage, sur le tabouret, sur le corps de son Nicolas, qu'elle avait ensuite emballé dans une grande couverture en polyester imitation cachemire.

Le plus difficile avait été de le transporter jusque dans le coffre de son Hummer.

Mais Chelly avait l'esprit pratique. Avec un peu de bon sens et d'organisation, l'affaire avait été menée en moins d'une heure.

Elle était montée, s'était déshabillée, avait mis son survêt dans une bassine avec de l'eau et du détachant à l'oxygène actif, puis elle avait repris une douche, la quatrième de la journée. Elle avait encore un peu pensé à Mike et à sa peau.

Ensuite, habillée d'un survêt propre, elle était montée au volant de son Hummer et elle avait roulé sans réfléchir à sa destination. Elle avait pris la première bretelle d'autoroute. Les Ardennes. Oh oui, bonne idée ça, les Ardennes. Quitter la ville, voir un petit bout de nature. Peut-être une prairie bordée de résineux qui lui évoquerait vaguement le Montana.

Partir…

Et puis s'arrêter dans une station-service pour prendre un café.

Décidément elle aimait ça, les stations-service de nuit.

En entrant dans le bâtiment à l'architecture clinique, Chelly ne savait toujours pas ce qu'elle allait faire du corps de Nicolas. Mais cette question ne l'inquiétait pas outre mesure. C'était secondaire.

Tout ce qu'elle savait, c'est que là, tout de suite, elle avait envie d'un café.

Pour la suite, elle verrait.

L'air conditionné lui pinça les joues. Il y avait quelques tables hautes. Une vieille prenait une bière dans le frigo. Chelly s'avança vers le distributeur automatique. Espresso, lungo, macchiato, cappuccino. Elle pensa à Paolo Conte, se vit sur une petite place de Florence, assise au bord d'une fontaine entre les bras de Robert De Niro dans *Taxi Driver*.

Elle choisit un cappuccino double crème et prit une photo qu'elle posta sur son Insta. « Sometimes, the only thing you need is some cream and sugar #pleasure #sweetness #life #freedom ».

Victoire

Victoire buvait de grandes gorgées de lait glacé, dans la lumière blanche du frigo, pieds nus sur le sol en béton de sa cuisine. Comme ça lui arrivait souvent, elle avait rêvé de dauphins. Victoire détestait les dauphins. D'une détestation viscérale, féroce, qui pouvait la réveiller au milieu de la nuit, assoiffée et moite, prise de nausée à la seule pensée que ces enfoirés de cétacés puissent partager la même planète qu'elle. Elle les imaginait nageant, tranchant les flots, avec leur sourire débile, toujours en groupe comme s'ils formaient une espèce de club, à sauter comme des abrutis, avec leurs ricanements ridicules, elle les imaginait et elle se précipitait dans la salle de bains pour vomir. Ensuite elle allait à la cuisine, ouvrait le frigo et buvait du lait à la bouteille. Le contact du liquide gras la soulageait un peu. Elle l'achetait entier et cru, sinon elle trouvait que ça goûtait la flotte. Elle ne supportait plus l'eau. Elle n'en avait pas bu depuis des années. Du lait, uniquement, deux litres par jour. Entier et cru.

Depuis qu'elle avait lu un article sur la mémoire de l'eau, la seule idée qu'elle puisse être touchée par des molécules qui avaient été un jour en contact avec la peau grise et visqueuse d'un dauphin lui donnait envie de se jeter sous un camion. Pour se laver, c'était compliqué. Au quotidien, elle utilisait des lingettes « fraîcheur » avec lesquelles elle se frottait l'intégralité du corps. Elle s'était rasé les cheveux pour ne plus avoir à les laver. Elle évitait de sortir par temps de pluie et quand elle ne pouvait pas faire autrement elle s'armait d'un grand parapluie, d'une capuche et de bottes en caoutchouc.

Victoire était mannequin. On la demandait partout, elle voyageait beaucoup. Les deux litres de lait qu'elle ingérait chaque jour constituaient la base de son alimentation. Avec quelques compléments alimentaires, vitamines, oméga 3, zinc, curcuma, chondrine, glucosamine… et du thon aussi. Elle aimait le thon parce qu'elle avait lu quelque part que des dauphins étaient souvent pris dans les filets de pêche et que, si leur chair ne se retrouvait pas nécessairement dans la boîte de thon qu'elle mangeait, ils étaient nombreux à agoniser sur le pont du bateau. Après quoi leurs corps étaient rejetés à la mer. Elle imaginait le chagrin du troupeau devant la disparition de l'un des leurs et ça lui donnait envie d'ouvrir une autre conserve. Elle se demandait parfois combien de dauphins elle avait pu tuer en achetant autant de boîtes de thon.

Une idée l'obsédait. Depuis toujours Victoire rêvait d'assister à un grindadráp. Voire même d'y participer. Ces massacres de dauphins et de globicéphales dans les îles Féroé… Des bateaux rabattaient toute une horde, parfois une centaine de bêtes, vers une baie, jusqu'à la plage. Là les hommes les attendaient avec leurs couteaux et quand les animaux se retrouvaient piégés dans l'eau peu profonde, ils les égorgeaient tous. Les adultes, les petits, les femelles en gestation, toute la horde. Leurs cris résonnaient dans la baie écarlate et tout le monde pataugeait dans cette eau visqueuse de sang, les hommes, les femmes, les enfants. C'était une fête, une tradition ancestrale. Il y a plusieurs siècles, les grindadráps permettaient à tout un village de manger pendant des mois. Le climat austère des îles Féroé rendait l'agriculture difficile, et la chair des cétacés représentait une précieuse ressource alimentaire. Aujourd'hui on ne les mangeait plus. Trop chargés en mercure à cause de la pollution des océans, les cadavres étaient rejetés à la mer.

Il ne restait que la tradition.

Victoire trouvait que c'était une belle tradition, elle voulait la voir de ses yeux, être là, les pieds dans l'eau salée, rouge et gluante. C'était un rêve qu'elle nourrissait depuis plusieurs années. Et aujourd'hui, il était enfin à portée de main. Un grindadráp était prévu dans une semaine sur la plage de Sandavágur.

Demain Victoire devait être à Paris pour un shooting. Mais après ça, elle avait quelques jours de congé. Elle devrait faire le trajet en voiture, le seul avion reliant Paris à Vágar étant complet. Elle s'y était prise trop tard. Tant pis, elle prendrait la route.

Elle avait le trac. Il lui faudrait surmonter son aversion pour la mer et pour ces sales bêtes. L'idée d'en égorger une de ses mains la réconfortait un peu mais elle n'était pas certaine d'y arriver. Elle se promit d'aller au moins jusqu'à la plage de Sandavágur. Une fois sur place, elle verrait bien.

L'origine de cette haine envers les dauphins restait floue pour Victoire. Elle savait que c'était lié à un souvenir. Ce souvenir n'avait pas disparu, mais elle l'évitait. Si le psychisme de Victoire avait été une maison, on aurait pu dire que ce souvenir y vivait, occupant tout l'espace, la chambre, la cuisine, le salon, la salle de bains, le jardin. Et que Victoire se terrait, cachée dans une malle du grenier, sortant la nuit pour aller grignoter quelques restes dans la cuisine, faisant ses besoins dans un seau, pour être sûre de ne jamais, jamais croiser son souvenir.

Elle refusait tous les shootings qui se déroulaient sur une plage, près d'une piscine ou dans n'importe quel autre endroit lié à la mer, à l'océan ou à l'eau. Son agent le savait et il avait bien compris que ça n'était pas négociable. Aucune marque, aussi prestigieuse soit-elle, aucun contrat, aucune promesse d'argent n'avait pu lui faire changer d'avis. Tout le monde voyait ça comme un caprice de diva, et elle avait acquis un statut qui lui permettait d'en avoir. Elle se demandait même parfois dans quelle mesure cette réputation de diva n'avait pas contribué à l'essor de sa carrière. Elle s'en foutait un peu au demeurant. Elle avait vingt-cinq ans, sa carrière touchait à sa fin et sa vie aussi sans doute. Elle ne se voyait pas vivre au-delà de trente ans. Sauf si tous les dauphins étaient exterminés d'ici là, mais elle avait peu d'espoir. Elle suivait de près l'évolution des populations et ces connards d'écolos faisaient bien leur boulot. La plupart des espèces étaient protégées. Elle les haïssait tous, les dauphins communs, les grands dauphins, les dauphins bleus, les dauphins blancs et même les marsouins, les globicéphales et les bélugas qui, biologiquement, ne faisaient pas partie de la famille des dauphins, mais pour Victoire ça ne faisait pas de différence. Elle les haïssait.

Elle n'en avait jamais parlé à personne. La version officielle, c'est qu'elle avait peur de la mer et qu'elle était allergique à l'eau.

Même sa mère n'était pas au courant. De toute façon, sa mère, elle ne lui parlait plus depuis des années. Parfois elle l'appelait mais Victoire ne répondait pas. Elle lui laissait de longs messages plaintifs sur sa boîte vocale, que Victoire n'écoutait jamais. « Ouin ma fille, ouin je ne comprends pas, ouin je suis si seule. »

Pieds nus sur le béton froid, sa bouteille de lait à la main, elle scrutait la masse sombre de Central Park qui s'étalait une quarantaine de mètres plus bas. Il lui faisait immanquablement penser à une teucha, bien taillée, un ticket de métro parfait. Avec Times Square en dessous, tel un clitoris. Elle était toujours heureuse de quitter New York. Beaucoup trop d'eau autour. Demain soir elle serait à Paris, elle dormirait mieux. Son agent lui avait envoyé une photo du colis qu'il avait fait préparer pour elle à l'hôtel. Une dizaine de boîtes de thon, quelques paquets de lingettes hypoallergéniques et une glacière avec six bouteilles de lait cru l'attendaient dans sa chambre. Victoire s'ennuyait. Elle était tragiquement indifférente aux plaisirs et aux désirs que partagent la plupart des gens. La nourriture ne l'intéressait pas, elle n'allait jamais au restaurant. Elle n'avait pas d'amis. Qui aurait pu s'attacher à une fille qui vivait confinée dans le grenier de son psychisme ? Elle n'aimait pas le sexe. En réalité elle n'en savait rien, elle n'avait jamais essayé, mais ça ne la tentait pas. Alors elle restait à l'écart de l'amour. Elle était déjà tombée amoureuse d'une fille un jour, mais n'avait pas osé lui en parler. Parce qu'elle savait très bien que la question du désir et du sexe allait se présenter et qu'elle n'aurait rien à donner de ce côté-là. Parfois elle rêvait juste de rencontrer quelqu'un qui serait comme elle, qui aurait envie d'être amoureux et de faire des trucs d'amoureux comme regarder des films ensemble, dormir dans le même lit, s'enlacer. Quand cette pensée lui venait, elle la chassait rapidement en pensant : « Qui pourrait aimer une fille qui déteste les dauphins ? Tout le monde adore ces saloperies. » Alors elle prenait un coussin entre ses bras, et ça lui faisait une brûlure ronde et bien nette en plein milieu du cœur comme le trou d'une cigarette dans une feuille de papier.

Et elle s'endormait comme ça. Puis dans son sommeil elle oubliait de se cacher, elle se baladait dans la maison de son psychisme, un peu hagarde, et parfois elle croisait son souvenir au détour d'un escalier, alors elle rêvait de dauphins, se réveillait, vomissait, buvait du lait et tout recommençait.

Elle refusait d'aller voir un psy. Pour l'instant, elle gérait. Et si ça obligeait son agent à lui faire livrer des lingettes, des boîtes de thon et du lait cru dans ses chambres d'hôtel, c'était un moindre mal. Elle ne se droguait pas, ne buvait pas.

En posant la bouteille de lait vide sur le plan de travail, elle regarda l'horloge. 3 h 14. Son avion décollait à 7 h 40, ça ne valait pas la peine d'essayer de se rendormir. Dans moins d'une heure elle devrait partir pour l'aéroport.

Loïc

J'aime la nuit. Pas parce que l'obscurité dissimule le contour des choses et qu'elle dilue les âmes, abolissant les frontières entre l'être et le néant, ou tous ces trucs pseudo-poétiques à la con. J'aime la nuit. Point. C'est comme ça. C'est en moi depuis que je suis gamin.

Alors j'ai choisi un boulot qui me permet d'être dehors, le plus possible, dès que le soir arrive. J'ai choisi dépanneur. Je dors la journée. De toute façon, je dors peu. Quatre ou cinq heures, à tout casser. De 10 heures à 15 heures. Quand je dors pas et que je dépanne pas, je suis sur Internet. Twitter ou Facebook. Je discute avec des hommes, parfois même des femmes, des gens que j'aime bien parce qu'ils « parlent vrai ». Et j'aime ça, le « parler vrai », presque autant que la nuit.

Je passe aussi pas mal de temps sur le forum des Pirates de la drague.

Il y a quelques mois, ma vie a changé. C'est un peu comme si j'étais né une nouvelle fois, à trente-cinq piges. Je suis tombé sur cette communauté et je m'y suis fait plein de potes.

Avant ça, j'avais eu une vie sexuelle qui ressemblait pas exactement à ce que j'avais voulu quand j'étais gamin. À quinze ans, j'avais vu Pierce Brosnan en James Bond et je m'étais dit que je voulais faire ça plus tard. Aller de casino en hôtel de luxe, un Martini à la main et une bonne femme vraiment canon dans mon lit, différente chaque nuit.

Ça s'était pas exactement passé comme ça.

J'avais eu quelques histoires. Même une longue, qui a duré six ans. Avec Tanya. Pour Tanya, j'aurais été capable de tout. C'était une belle fille, avec des yeux sombres, un joli cul et tout. Pour elle, j'aurais même pu vivre le jour et dormir la nuit. Mais elle m'avait trompé avec un connard, le manager du resto dans lequel elle bossait. Je l'avais vu venir, cet enfoiré. Déjà, quand elle avait été embauchée, je lui avais dit : « Il t'engage que pour ton cul. »

Je le savais. Ce type avait tourné autour de ma gonzesse comme un requin.

Moi j'avais surveillé sa tenue, son parfum, sa façon d'être quand elle partait travailler. Et ses messages dans son téléphone. Je voyais bien qu'il y avait un truc qui allait pas. Et puis boum, un jour j'avais trouvé un truc bien dégueulasse : « Hier soir je me suis caressée en pensant à toi. »

Je l'avais foutue dehors.

Et depuis plus rien. Des filles qui me chauffaient, ça il y en avait, mais pour ce qui était d'assumer, plus personne.

Personne parle de cette violence-là. Des meufs qui t'excitent et puis qui baisent pas. Les types qui frappent leur femme, je trouve ça dégueulasse. Mais c'est pas pire que ça. Un partout, balle au centre.

Pour moi, tout ça a changé le jour où je suis tombé sur le site Pirates de la drague.

J'ai regardé un max de tutos sur « Comment perfectionner son game », « Trouver l'opener parfait en toutes circonstances », « La drague : travailler en groupe ».

Je dis pas que je suis aussi fort que les champions du game. Ceux qui arrivent à mettre leur langue dans la bouche d'une fille moins de dix secondes après lui avoir parlé pour la première fois, je sais toujours pas comment ils font.

Mais j'ai mis au point une technique qui marche plutôt pas mal quand je dois dépanner une fille seule.

Déjà j'essaie d'être gentil, souriant et décontracté. Il faut qu'elle sente que je suis un mec à l'aise et bien dans sa peau. Qu'il y a pas d'enjeu. Et qu'il y a pas de drague. Au début en tout cas. Je fais juste le gars qui est très content d'être là et de se rendre utile. Je les fais parler. Quand on est gentil et souriant et décontracté, les filles se mettent à parler facilement. Et puis toujours, à un moment, je dis : « Ah là là ! On a tous nos problèmes, hein ? Tenez, moi demain, j'ai l'anniversaire de ma petite sœur et je sais pas du tout quoi lui offrir. Je l'adore. Elle est pas aussi jolie que vous mais c'est un amour. Vous auriez pas une idée ? »

Et là, souvent, je fais strike. Comme dans les jeux vidéo, quand on frappe un bon coup et qu'on voit la barre HP de l'ennemi qui diminue de moitié. La fille sourit, elle trouve ça mignon que j'aie une petite sœur et que je veuille lui faire plaisir. À partir de là, il faut manœuvrer pour amener la discussion sur un plan plus sexuel :

« Je sais pas si j'oserais, mais je sais qu'aujourd'hui beaucoup de filles aiment bien les sextoys et ces machins-là, c'est important le plaisir des femmes, apprendre à se connaître et tout ça… Vous trouveriez ça déplacé que votre frère vous offre un de ces trucs ? »

Si la fille a pas l'air choquée ou quoi, je lui demande si elle en a un aussi, si elle l'utilise souvent et tout ça…

Quand ça prend, on va boire un verre et ça se finit chez moi ou chez elle.

Et même parfois, quand ça monte vraiment fort, ça arrive que je la baise sur place, dans sa voiture ou entre les arbres quand il y en a. C'est l'avantage de travailler la nuit. On peut baiser à peu près n'importe où.

Après, je partage ça avec les gars sur le forum des Pirates de la drague. On s'échange nos trucs. Ce qui a marché, ou pas. Et puis comment on fait jouir les meufs aussi. Y en a, c'est vraiment ça leur délire. Les faire grimper le plus possible. Moi c'est plus une histoire de quantité. Réussir à plier le game. Avoir accès à leur corps. Le reste, c'est toujours un peu la même chose.

Sauf ce soir-là. Ce soir-là, c'était différent.

C'était le début de mon service. Il devait être, je sais pas, 10 ou 11 heures, un truc comme ça. Il faisait bon. Il faisait même chaud, j'avais le jean qui me collait aux cuisses. J'étais content quand le téléphone a sonné, j'avais envie de me balader. Sur Twitter, avec les copains, on avait bien pourri le fil d'une connasse qui la ramenait un peu trop. Elle venait de décider de fermer son compte.

Parfois je suis fatigué de passer autant de temps sur les réseaux. Avec des gens que j'ai jamais vus en vrai. Parfois j'ai juste envie d'être seul et de rouler dans la nuit. Et puis de filer un coup de main aux gens. C'est ça que j'aime bien avec mon boulot, les gens sont toujours contents de me voir arriver.

Sauf quand j'enlève leur bagnole mal garée évidemment, mais ceux-là en général je les vois jamais. J'enlève leur bagnole et puis c'est le gars de la fourrière et les flics qui gèrent.

Là c'est une fille qui a appelé, plutôt énervée au téléphone. Une panne d'essence. Souvent les gens sont énervés avec les pannes d'essence. Parce qu'ils ont un peu honte. Je les comprends. Comment on peut encore tomber en panne d'essence ? Moi je dis toujours « Bah, c'est des choses qui arrivent » en sortant mon jerrican, mais au fond je pense « Ouais faut vraiment être un gros demeuré pour oublier de faire le plein. »

La fille avait réussi à s'arrêter sur une aire de repos au bord de l'autoroute. Un gros Hummer noir, qu'elle avait garé devant une table de pique-nique en bois. Elle était vachement canon. Brune, pas très grande mais athlétique. Et des yeux noirs qui m'ont rappelé ceux de Tanya.

J'ai pris mon air le plus gentil, souriant et décontracté.

« Vous inquiétez pas, vous êtes pas la seule à qui ça arrive, sur ce tronçon c'est très courant. Il y a plus de cinquante kilomètres entre les deux stations-service, si vous passez sur la réserve juste avant la précédente, vous êtes à peu près sûre de ne pas arriver à la suivante. Mais vous y étiez presque, elle n'est qu'à trois kilomètres. Je vais vous remettre une dizaine de litres, ça ira tout seul.

– Non, mettez-moi le max, j'ai perdu assez de temps.

– Ah mais… ça va vous coûter beaucoup plus cher que de vous arrêter à la prochaine station…

– Je m'en fous, mettez-moi le max. »

Ses yeux noirs brillaient, elle ressemblait à un de ces grands fauves qu'on voit dans les zoos. Ils ont toujours l'air furax d'être là. On sent bien que si on ouvrait leur cage ils se mettraient à bouffer tout le monde. Elle aussi elle avait l'air prête à bouffer tout le monde. J'avais jamais vu une fille comme ça. Sur le groupe Pirates de la drague, ils disent que c'est important d'imposer son autorité dès le départ. Comme avec les enfants ou les chiens. Ou les grands fauves, tiens. Sinon on se fait bouffer et elles font n'importe quoi avec nous.

Alors j'ai dit : « OK, je vous mets le max, mais on va rester polie quand même, hein ? »

Elle m'a regardé, comme si elle venait tout juste de se rendre compte que j'étais là. Et j'ai senti que c'était le bon moment pour embrayer sur mon opener : « On a tous nos problèmes, vous savez… Tenez, moi demain, j'ai l'anniversaire de ma petite sœur et je sais pas du tout quoi lui offrir. Je l'adore et… »

Elle m'a coupé :

« Tu veux baiser, c'est ça ?

– Heu, quoi ?

– T'as pas de sœur, tu veux juste baiser. J'ai bien vu comment tu m'as regardée. Et ton truc de petite sœur ça pue l'arnaque. »

J'ai reposé le jerrican en prenant mon air le plus choqué possible mais elle m'a pas laissé le temps, elle s'est approchée et a commencé à m'embrasser. Là les choses sont allées assez vite, je l'ai poussée vers la table de pique-nique. Son Hummer et ma dépanneuse nous cachaient un peu de l'autoroute. J'ai retiré son débardeur, son corps était dingue, un vrai corps de chat, souple et musclé. J'avais jamais plié un game aussi vite. Et en général, quand c'était facile la fille était moche. J'aurais voulu la prendre en photo pour pouvoir la montrer aux collègues Pirates. Peut-être après, quand on aurait fini. Ou pendant, sans qu'elle s'en rende compte…

Elle a retiré ma chemise, puis a baissé son pantalon de survêt et sa culotte. Il faisait toujours aussi chaud mais un vent frais s'était levé, juste comme j'aime. Le genre de vent qui amène l'orage. Il y avait l'autoroute à quelques mètres et ces tonnes de tôle qui passaient à toute vitesse. Ces gros déplacements de matière, ça me fait toujours un drôle d'effet, parce que la mort n'est jamais très loin.

Alors on a commencé, elle était à genoux sur le banc avec la tête et les bras posés sur la table, moi je la prenais par-derrière et c'était vraiment pas mal, la table de pique-nique grinçait sous mes mouvements, ça faisait un petit « ouïk ouïk ouïk » régulier, à chaque coup de reins, et j'adore ce bruit-là, ça m'excite à mort ce petit « ouïk ouïk ouïk », comme un écureuil à qui on aurait marché sur la queue. J'ai fermé les yeux, la fille faisait pas beaucoup de bruit mais ça semblait lui plaire, j'ai pris mon temps, je pensais à rien, juste mon froc sur les chevilles, les gros déplacements de matière à quelques mètres et le « ouïk ouïk ouïk » de la table. C'était vraiment une belle soirée, un genre de cadeau que la vie envoie parfois, on sait pas trop pourquoi. Comme si elle avait décidé d'être sympa juste comme ça…

Et puis j'ai rouvert les yeux et là, à quelques mètres devant moi, il y avait une vieille dans un fauteuil roulant qui nous matait. Elle avait pas l'air gênée du tout, juste elle nous matait, avec quelques cheveux blancs tout fins qui flottaient sur sa tête. Elle mangeait des cerises qu'elle sortait d'un grand sac en papier kraft posé sur ses genoux. Et à chaque cerise qu'elle mangeait, elle crachait le noyau en faisant « fuuut » avec sa bouche. Elle était juste sous un lampadaire alors je la voyais bien. Elle retroussait les lèvres en mangeant, avec une grimace bizarre, et je pouvais voir ses grosses dents écraser les fruits mûrs, d'abord devant, puis la cerise disparaissait derrière ces grands trucs pleins de jus rouge qui ressemblaient à un plancher et un plafond qui s'écrasaient l'un contre l'autre avant de s'écarter, pour s'écraser de nouveau. Et elle nous fixait en mangeant cerise sur cerise, très rapidement, comme si elle essayait de mourir étouffée, remplie à ras la gueule de chair et de jus. Et chaque fois elle faisait « fuuut » en crachant le noyau. Parfois un filet de bave rouge partait avec le noyau et lui retombait sur le menton, et elle le récupérait avec un grand coup de langue bien dégueulasse.

Instinctivement, j'ai ralenti le mouvement, alors le « ouïk ouïk ouïk » a ralenti aussi, évidemment. Et là, j'ai vu que la vieille ralentissait pareil. Elle mangeait toujours ses cerises trop vite, mais un petit peu moins qu'avant. Alors je me suis mis à compter pour voir, et j'ai compris qu'elle faisait exactement un « fuuut » tous les huit « ouïk ouïk ouïk ». J'allais plus doucement encore et elle semblait manger ses cerises à un rythme plus ou moins normal.

Alors je me suis remis à accélérer pour voir jusqu'où elle pouvait aller, j'allais et venais dans la fille, plus vite et plus fort. La fille avait rien vu, elle avait toujours la tête entre ses bras. Je voyais juste ses omoplates, ses épaules musclées et quelques mèches de cheveux, c'était vachement joli. La vieille a accéléré aussi, elle avait du mal à suivre mais elle gérait quand même pas mal. « Ouïk ouïk ouïk ouïk ouïk ouïk ouïk ouïk » – « fuuut » – « ouïk ouïk ouïk ouïk ouïk ouïk ouïk ouïk » – « fuuut » – « ouïk ouïk ouïk ouïk ouïk ouïk ouïk ouïk » – « fuuut ».

Ses gencives ne mâchaient plus les fruits à fond et elle crachait des noyaux encore pleins de chair, du jus rouge lui coulait sur le menton en gros filets qu'elle ne cherchait plus à retenir, mais elle gardait le rythme. Moi j'étais plus excité que d'habitude et je devais faire attention de pas finir trop vite. J'allais vite et fort et on se regardait avec la vieille pour voir lequel allait lâcher en premier.

Et puis c'est là qu'un type est arrivé, peut-être le fils de la vieille, il nous a vus, a pris le fauteuil roulant brusquement, manquant de la faire tomber, puis il l'a poussée très vite vers un petit utilitaire bleu et il l'a embarquée. J'ai juste entendu un dernier « fuuut » avant qu'ils démarrent. J'ai joui. La fille je sais pas, j'ai pas fait très attention. Elle s'est relevée, a remonté sa culotte et son pantalon. J'ai pensé : « Merde, j'ai oublié de prendre une photo de son cul. »

« Combien je te dois ?

– Je peux te prendre en photo ?

– Non. Combien je te dois ?

– Allez, laisse-moi te prendre en photo et je te fais un prix. »

J'étais prêt à perdre 50 balles pour cette photo.

« Demande-le-moi encore une fois et je te casse le bras. Combien je te dois ? »

J'ai laissé tomber la photo. Elle a payé et s'est barrée dans son Hummer sans un merci. Après tout, je pourrais toujours trouver un cul comme le sien sur un site de boules. Mon histoire n'en serait pas moins vraie. Et j'allais devenir une légende dans la communauté des Pirates.

Alika

Devant le restaurant de la station-service, assise sur un banc en plastique, Alika attend qu'on vienne la chercher. Ses patrons l'ont prêtée à des amis pour les vacances. Eux-mêmes sont partis dans les îles « en amoureux ». Les petits ont été confiés à leurs grands-parents. Ils n'avaient pas besoin d'Alika pendant deux semaines, alors ils ont mis une annonce sur Facebook et des amis d'amis ont répondu. Ils venaient de renvoyer leur bonne et ils avaient besoin de quelqu'un pour partir en vacances avec leurs enfants. Les patrons d'Alika avaient dit : « Vous verrez, elle est adorable. »

Là, elle est sur la route du retour. Les amis d'amis habitant loin de chez ses patrons, et personne n'ayant envie de faire des trajets supplémentaires, il avait été convenu de la laisser ici, à mi-chemin. Ses patrons devaient venir la récupérer dans une heure, en rentrant de l'aéroport.

Alika se demande si elle s'habituera un jour à être considérée comme un meuble. Ou si elle finira par en devenir un. Elle se laisse bercer par la chaleur, le regard perdu au-dessus de la cime des arbres. Elle se rappelle l'hiver dernier.

Une station de ski juste au bas des pistes. Le genre d'endroit où on peut s'acheter un sac à main à 3 000 euros sans déchausser ses skis. Quelques hôtels de luxe, des restaurants, une poignée de boutiques, un petit village. On peut tout faire à pied, c'est pratique.

Ici, de novembre à avril, il fait blanc. Si l'hiver n'est pas au rendez-vous, les canons à neige font le boulot.

Ici, de novembre à avril, tout le monde est heureux. C'est comme ça.

Alika regarde les flocons de neige qui virevoltent dans la lueur jaune d'un réverbère. Ils ressemblent à une foule silencieuse qui danse sur le ciel noir, dans l'indifférence de la nuit. Au loin, elle peut voir le halo des dameuses, créatures placides et laborieuses, qui façonnent les pistes de ski. Elle a noté leurs horaires : de 18 heures à 4 heures du matin. Ça ne semble pas très important. Pourtant elle se sent moins seule. À quelques dizaines de mètres d'elle, dans le tourbillon glacé, d'autres travaillent aussi. D'autres sont arrachés à leur lit, aux bras chauds et aimants.

Quand à 4 heures les halos s'éteignent, elle éprouve systématiquement le chagrin muet de celle que le départ d'un ami abandonne aux griffes de la solitude.

La petite fille s'est endormie, son crâne duveteux posé au creux du coude d'Alika. Sa respiration paisible et régulière impose son rythme. Alika sent qu'elle va s'assoupir à son tour. Elle adorerait s'allonger dans son lit pour une vraie nuit. Quelques heures d'un sommeil authentique, profond et paradoxal. Régénérer son corps épuisé, apaiser les élancements qui lui déchirent la nuque. Mais la petite ne dort que dans ses bras. Peut-être qu'elle aurait également dormi dans d'autres bras mais ça on ne le saura jamais. Depuis sa naissance, il y a maintenant cinq mois, l'enfant a passé chacune de ses heures de sommeil dans les bras d'Alika. Elle aurait pu s'allonger sur le lit avec le bébé collé tout contre elle, mais la mère de la petite le lui a interdit après avoir lu un article qui parlait de bébés morts étouffés. Alika voyait mal comment on pouvait dormir sur un bébé sans s'en rendre compte mais elle n'avait pas discuté. Elle ne discute jamais. C'est ce qu'on lui a appris dans l'école d'aide à domicile, chez elle, aux Philippines.

« Ne contredisez pas votre employeur. »

On lui a bien expliqué que, plus que ses compétences, c'est son attitude qui importe.

« Ayez toujours un sourire plaisant et aimable. »

« Soyez humble. Si votre employeur se plaint de vous, ce doit être pour quelque chose. Acceptez-le et essayez de vous améliorer au lieu de chercher des excuses. »

On lui a donné un manuel. Les principes de base de l'employée de maison modèle made in Philippines.

Elle avait rapidement compris. Ça n'était pas très compliqué.

La petite fille sent le lait tiède et la crème hydratante « Caresse d'Himalaya ». Dans son sommeil, sa bouche esquisse des mouvements de succion. Malgré la fatigue, Alika goûte ce qui se passe à l'intérieur d'elle : des vagues euphorisantes se déversent de son cœur vers son ventre, la tendresse qu'elle éprouve pour ce petit être abandonné au sommeil. Mais elle ne se fait pas d'illusions : d'ici peu cette enfant apprendra à la mépriser, tout comme son grand frère.

Ça n'est pas leur faute, Alika le sait. Son destin c'est de servir, pas d'être aimée. Les enfants vont grandir. Ils imiteront leurs parents. Si tout va bien, elle restera avec eux pour les quinze prochaines années. Et puis elle pourra rentrer chez elle.

C'est un calcul qui tourne dans sa tête en permanence, jusqu'à l'obsession. 575 euros par mois, c'est son salaire, en plus du gîte et du couvert. Ça fait 500 euros qu'elle envoie à son mari.

Elle est arrivée il y a trois ans.

500 euros par mois, douze mois par an, pendant trois ans, ça fait 18 000 euros, ce qui a déjà plus que remboursé l'école d'aide à domicile et son billet d'avion.

500 euros par mois, douze mois par an, pendant encore quinze ans, ça fera 90 000 euros, de quoi permettre à ses deux enfants de faire des études. C'est le prix à payer : dix-huit ans de sa vie pour la liberté de ses enfants.

Quand Alika a quitté les Philippines, ils avaient cinq et sept ans. Un garçon et une fille. Au début elle les appelait par Skype mais au fur et à mesure elle s'est aperçue qu'elle les dérangeait dans leurs jeux. Ils répondaient par monosyllabes, semblaient embarrassés. Elle savait que son mari les obligeait un peu pour lui faire plaisir.

Maintenant elle se contente de l'appeler lui, une fois par semaine. Ils ne forment plus un couple depuis longtemps, juste des équipiers soudés pour survivre. Parfois elle se demande si elle est encore la mère de ses enfants, si le lien invisible qui la relie à eux n'a pas fini par disparaître, dissous par son absence. À vrai dire, elle essaie d'éviter de se plonger dans ce genre de réflexions.

Malheureusement, le travail domestique est une activité propice à l'introspection.

La petite fille fait une grimace dans son sommeil, suivie d'une vibration caractéristique au niveau des sphincters. Alika hésite. On ne laisse pas un bébé dormir dans une couche sale. Mais la changer reviendra à la réveiller, et donc à devoir la rendormir, ce qui nécessitera un nouveau biberon. Et Alika se rappelle très bien avoir utilisé la dernière dose de lait en poudre au début de la nuit. Elle aurait dû aller racheter une boîte de Nutrilon Sensitive Lactose Free aujourd'hui. (La petite n'a jamais montré le moindre signe d'intolérance au lactose mais la mère a été très claire à ce sujet.) Le problème c'est que ce matin, Alika a oublié de demander l'autorisation de sortir de l'hôtel à ses employeurs avant qu'ils ne partent pour leur journée de ski.

« Ne sortez jamais sans autorisation, sauf en cas d'urgence. »

Elle ira racheter du lait demain matin à la première heure. Elle en profitera pour se prendre des tampons, ses règles qui ont débuté il y a cinq jours ne semblent pas vouloir finir.

« Pensez à utiliser des protections périodiques durant vos règles. »

Mais donc, si la petite se réveille et qu'elle n'a pas de lait à lui donner, ça risque de tourner rapidement au drame : elle pourrait hurler, réveiller son frère et dans le pire des cas ses parents, ce qui obligerait Alika à avouer sa faute.

« Ne mentez pas. Admettez les erreurs que vous avez commises. Ne les niez pas, ni auprès de votre employeur ni à vous-même. Sinon votre employeur ne pourra plus jamais vous faire confiance. »

Alika regarde l'horloge. Trois heures du matin. Si la petite n'est pas changée, elle va mariner dans son caca pendant quatre heures. Ça n'est pas une option.

Soudain, elle se souvient. Dans le sac à langer, il reste deux dosettes de lait en poudre, qu'elle transporte toujours en cas d'urgence. Juste ce qu'il faut : un biberon pour maintenant et un autre pour demain matin à 8 heures. Ensuite, dès que les parents seront partis au ski, elle ira déposer le grand au Piou Piou Club (s'il accepte d'y aller), puis elle descendra au village avec la petite dans le porte-bébé, elle achètera le lait en poudre (avec l'argent que lui aura donné monsieur) et ses tampons (avec son argent à elle), ce qui lui permettra d'être de retour à l'hôtel pour la tétée de 11 heures. Parfait. Ensuite elle pourra se laver.

« Vous devez prendre un bain chaque matin, et une douche le soir avant d'aller vous coucher. »

« Vous devez vous brosser les dents trois (3) fois par jour. »

Le sac à langer, les deux doses de lait en poudre.

L'ennui c'est que le sac à langer est resté dans la chambre des parents (ce qui lui vaudra d'ailleurs certainement une remontrance, monsieur déteste qu'elle laisse traîner « son bazar »).

Entrer dans la chambre des patrons pendant qu'ils dorment est une faute grave. C'est tellement évident que ça n'est même pas mentionné dans le manuel de l'école. Ça pourrait lui coûter sa place et un aller simple pour les Philippines.

Voire pire. Enfin, elle doit admettre qu'ils n'ont jamais été brutaux avec elle. Et elle sait qu'elle a de la chance. Pour entendre régulièrement les témoignages de certaines de ses collègues qu'elle retrouve le dimanche dans le parc qui jouxte la maison de ses employeurs, elle est consciente d'être plutôt bien tombée. Les coups et les viols sont fréquents.

« Ne tombez pas enceinte. Vous subirez un test de grossesse tous les six mois. »

Son amie Rose est tombée enceinte de son patron il y a quelques semaines. Alika lui a conseillé d'aller à l'ambassade, de demander de l'aide. Mais Rose a préféré se jeter sous un train.

« Ne vous précipitez jamais à l'ambassade des Philippines, sauf si votre vie est en danger. »

Alika sait ce qu'elle risque à aller chercher le sac à langer.

Si elle ne le fait pas, si elle laisse les petites fesses mijoter dans leur caca, au pire il y aura un peu d'érythème le lendemain matin, érythème que les parents ne remarqueront probablement pas. La mère change la petite de temps en temps, le père jamais. Tout le monde semble s'accorder sur l'idée que ce n'est pas à lui de s'occuper de « ça », de même que tout ce qui touche à la vie domestique. C'est le rôle de madame, qu'elle délègue à Alika. D'ailleurs monsieur ne s'adresse quasiment jamais à elle.

Donc au pire, la petite ressentira un léger picotement pendant quelques jours et puis ce sera tout... Entre ça et risquer l'avenir de ses propres enfants, il n'y a pas à hésiter.

Et pourtant... Alika se demande quel est ce monde tordu qui lui impose un choix aussi merdeux. Ça n'est pas une surprise, les signes qui démontrent la faillite de l'aventure humaine ne manquent pas. S'il existe un dieu là-haut qui a contracté un emprunt pour lancer son entreprise de civilisation humaine, Alika se dit que la situation qu'elle est en train de vivre est exactement le genre de cas qui devrait le pousser à déposer le bilan. Mais elle n'est même plus en colère. Elle est triste et fatiguée. Et elle se dit que c'est mauvais signe. Si la colère disparaît, elle se demande ce qui la fera encore tenir debout. La petite fille refait son mouvement de succion. Le cœur d'Alika s'embrase. Les torrents de tendresse se déversent de nouveau. Elle se sent désolée pour ce petit être qui n'a rien demandé. Désolée de la laisser dormir dans sa merde, désolée qu'elle ait vu le jour dans un monde si moche, même si elle a atterri du bon côté de la barrière. Parce qu'elle n'est pas certaine que la misère soit moins grande de ce côté-là. Une larme s'écrase sur le duvet léger comme la brume.

« Ne pleurez pas. Les employeurs n'aiment pas cela et considèrent que pleurer porte malheur. »

Elle ne peut pas laisser la petite comme ça. Tant pis.

Elle se lève et la dépose dans son berceau, une magnifique demi-sphère en osier, mise à disposition par l'hôtel.

Elle sait qu'à partir de là elle n'a pas plus d'une minute, la petite va se réveiller très vite.

Elle sort de la chambre. La suite dispose d'un séjour, de deux chambres, une pour les parents et une pour les petits (et Alika), d'une salle de bains avec baignoire à jets (150 litres d'eau par bain, par enfant et par jour) et d'une salle de douche.

Elle traverse le séjour. La moquette épaisse et

moelleuse assourdit ses pas. Par la baie vitrée, la masse fantomatique des montagnes et le halo des dameuses. Il n'est pas encore 4 heures. La porte coulissante de la *master bedroom* est fermée, évidemment. Alika espère qu'ils n'ont pas mis le verrou. Non. La porte glisse dans un feulement. L'odeur du soin de nuit de madame, « Elixir source éternelle » des laboratoires Valdieu, et celle de leurs haleines chargées de vin rouge et de charcuterie. Deux ronflements légers. Ils ont tiré les tentures lourdes imprimées ton sur ton, une obscurité compacte règne sur la chambre. Alika ne voit pas le bout de ses doigts. Elle s'avance à l'aveugle, se fiant à sa mémoire spatiale. Le sac à langer doit se trouver sur le fauteuil à côté du petit bureau, face au lit. Reste à espérer qu'on ne l'ait pas déplacé. La petite commence à émettre des couinements qui ne vont pas tarder à se muer en pleurs. Il n'y a plus de temps à perdre. Elle fait deux grands pas dans la direction qui lui semble être la bonne. Son gros orteil droit heurte quelque chose. Le pied du bureau en fer forgé. La douleur jaillit, fulgurante. Alika étouffe le juron philippin qui lui monte à la gorge. Un des deux ronflements s'interrompt. Elle ne bouge plus, ne respire plus. À l'endroit où elle se trouve, personne ne peut la voir, l'obscurité est trop dense. Mais la porte coulissante est restée ouverte. Un rectangle bleuté se découpe dans le noir. Si un parent s'éveille, il s'apercevra tout de suite qu'il y a un intrus dans la chambre. Des pulsations douloureuses enflamment son orteil. Il y a du mouvement dans le lit, quelqu'un se retourne. Elle ferme les yeux, comme si cela pouvait la rendre plus invisible. Les couinements de la petite montent crescendo vers la plainte. Alika retient son souffle. Monsieur pousse un long soupir, presque un râle. Il renifle, se racle la gorge.

Et puis plus rien. Alika recommence à respirer. Elle avance la main vers l'endroit où elle pense trouver le fauteuil. Le contact frais du cuir pleine fleur du sac à langer sous ses doigts. Elle en saisit l'anse et se retourne. Le rectangle bleu. Le trajet vers la sortie sera nettement plus facile. Ses pieds nus se coulent dans le sol mou. Elle espère juste que son orteil ne saigne pas. Au moment où elle regagne le salon, monsieur renifle de nouveau.

Alika referme la porte en priant pour que le feulement n'alerte personne. Et elle se précipite vers la chambre où la petite commence à hurler dans son cocon en osier.

Alika observe les flocons de neige qui virevoltent dans la lueur jaune du réverbère. Dans ses bras l'enfant s'est rendormie, propre et rassasiée.

Les phares de la dernière dameuse s'éteignent.

Alika enfonce sa nuque douloureuse dans le velours du fauteuil et ferme les yeux.

Ses enfants doivent être à l'école à l'heure qu'il est, de l'autre côté du monde. Tant qu'elle pense à eux, le fil invisible ne se rompra pas. Même s'ils ont oublié qui elle était.

« Ne vous asseyez pas dans un siège confortable en présence de votre employeur[1]. »

Les citations sont extraites du manuel de l'école Abest (Manille, Philippines) destiné aux futures employées de maison. Source : Julien Brygo, « Soyez humble », *Le Monde diplomatique*, septembre 2011.

Sébastien

Le frigo s'était remis à bourdonner et Mauricio pensa : « Plein le cul de cette vie de merde. » Sébastien n'était pas encore rentré du boulot, et Mauricio avait déjà envie d'aller se coucher. Mais il ne pouvait pas, il y avait ce dîner. Ça semblait important pour Sébastien. Mauricio avait passé une grande partie de son après-midi sur le canapé. Il devait composer une musique pour un court-métrage. Il s'était assis vers 14 heures avec sa guitare, puis il avait pensé : « Plein le cul de bosser gratos », le frigo s'était mis à bourdonner, il s'était levé, l'avait tapé sur le côté du plat de la main, ce qui n'avait rien changé, alors il était retourné sur le canapé, avait regardé une série et l'après-midi était passée. Maintenant il était 20 heures, Sébastien n'allait pas tarder à rentrer et il devait prendre une douche. Puis se taper ce dîner.

C'était chez Juliette, la collègue de Sébastien, qui tenait la caisse à la station-service. Sébastien lui parlait souvent d'elle. « Une fille un peu triste mais tellement drôle. »

Mauricio n'aimait pas rencontrer de nouvelles personnes. Il n'aimait pas les banalités du début. Les « Bonjour, tu fais quoi dans la vie ? » – « Ah ça a l'air chouette. » Mauricio aimait l'intimité.

Il était sous la douche quand il entendit Sébastien rentrer en chantant le refrain qu'il avait dans la tête en ce moment. C'était une petite manie de Sébastien. Il pouvait répéter la même chanson pendant des semaines. Mauricio pensait qu'il y avait sans doute plein de gens que ça aurait pu agacer, mais pas lui.

Sébastien entra dans la salle de bains.

« Faut que je me lave aussi, je viens avec toi. »

Il se déshabilla et rejoignit Mauricio sous la douche, qui se dépêcha de se rincer parce qu'il savait comment ça allait se passer. Sébastien aurait besoin du jet d'eau, qui était trop fin pour eux deux, ils devraient se relayer et Mauricio aurait froid. Il embrassa Sébastien et sortit de la douche.

« Elle nous attend à quelle heure ta copine ?

– On a dit 21 heures. »

Mauricio n'aimait pas manger si tard.

Ils prirent le tram. Juliette habitait près du terminus.

« Elle t'a dit ce qu'on allait manger ?

– Non. T'as une envie particulière ?

– Non. »

Ils arrivèrent au terminus. Sébastien portait la bouteille de vin blanc.

Ils marchèrent une dizaine de minutes. Il fallait passer devant les enseignes de la zone commerciale, puis sous le pont de l'autoroute, continuer vers les lignes à haute tension. Là-bas il y avait quelques maisons, une dernière offensive de la ville avant les champs.

Sébastien connaissait le chemin, il était déjà venu boire des verres chez Juliette après le travail.

Mauricio réalisa que s'il n'avait pas envie d'aller

à ce dîner, c'était peut-être parce que Sébastien lui avait dit que Juliette avait deux enfants avec son mec. C'est pas que Mauricio n'aimait pas les enfants, c'était juste qu'il trouvait que la vie des gens avec des enfants avait l'air triste et compliquée. Chez ses quelques amis qui en avaient eu il avait assisté, consterné, à la transformation. Si leur intérieur avait été joli, il se garnissait de tout un tas d'objets utiles mais moches. Une chaise haute, un trotteur, un babycook, des biberons, un tapis d'éveil, un maxi cosy, un sac à langer et d'autres gadgets dont il ignorait l'utilité. Souvent en plastique, souvent dans des couleurs criardes.

Il trouvait aussi que le bébé amenait une odeur de lait rance et de couches sales.

Peut-être qu'il aurait des enfants un jour, il n'était sûr de rien, mais il faudrait alors qu'il ait beaucoup d'argent, une grande maison et un garage dans lequel il pourrait ranger un maximum de tous ces trucs. Et peut-être une nounou pour s'en occuper.

Ils arrivèrent devant une petite maison ouvrière mitoyenne à front de rue, face à quelques bâtiments industriels.

Juliette leur ouvrit la porte. Une trottinette et une poussette encombraient le hall d'entrée. Juliette était grande et mince, la trentaine.

Sébastien lui donna la bouteille de vin, elle rigola en disant : « Oh ça pour une surprise ! »

Sans doute, pensa Mauricio, qu'ils l'avaient choisie ensemble en rentrant du travail.

« Juliette, je te présente Mauricio, Mauricio, Juliette.

– J'ai l'impression que je te connais déjà ! Sébastien parle de toi tout le temps. Quand il n'est pas en train de chanter.

– Oui, moi aussi, j'ai beaucoup entendu parler de toi.

– Entrez ! »

Ils la suivirent dans la pièce principale. Un type déposait un bol de pistaches sur la table.

« Voici Damien ! »

Juliette s'adressait à Mauricio parce que apparemment Damien et Sébastien se connaissaient déjà.

« Hello ! »

C'était un très beau mec. Mauricio pensa qu'il

aurait pu être acteur. Pas forcément grâce à ses traits, c'était quelque chose dans l'ensemble, une forme de cohérence. Ce type avait un physique cohérent, tous les morceaux bien assortis.

Sébastien prit Mauricio par la manche et l'emmena vers le salon, qui donnait sur la rue. Une grande truie rose et glabre se prélassait sur toute la longueur du canapé.

Juliette dit : « Elle s'appelle Estelle. Tu peux la caresser. »

La truie regarda Mauricio avec curiosité, elle remua son groin humide dans sa direction et le laissa toucher sa tête. Sa peau était douce et tiède, à peine plus poilue que celle d'un homme.

Sébastien lui gratta le cou et elle posa la tête sur le canapé en fermant les yeux.

Damien était resté dans la salle à manger. Il décortiquait des pistaches en hochant la tête.

Mauricio demanda :

« Et les enfants ? Ils sont déjà couchés ?

– Non, ils sont chez les parents de Damien. On a un week-end pour nous. »

Ils prirent place autour de la table. Damien

hochait toujours la tête comme s'il acquiesçait à une voix qu'il était seul à entendre. Il avait disposé toutes les pistaches décortiquées en une longue ligne régulière.

« Mamour, tu vas nous chercher des verres ? »

Il regarda Juliette comme s'il venait de s'apercevoir de sa présence puis il partit chercher des verres à la cuisine.

« Damien travaille à l'abattoir, il est souvent très fatigué le vendredi. Je nous prépare un dahl de lentilles, ça vous va ? »

Mauricio et Sébastien répondirent : « Oui, c'est parfait » en cœur mais Mauricio était absorbé par ce que Juliette avait dit juste avant. Damien travaillait à l'abattoir. Elle en avait sans doute déjà parlé à Sébastien, pourquoi ne lui avait-il rien dit ? Ça n'était pas banal. Mauricio eut envie de poser tout un tas de questions. À quoi pouvait bien ressembler un abattoir ? En quoi consistait exactement le travail de Damien ? Est-ce qu'il tuait les bêtes ou est-ce qu'il les découpait ? Mauricio aurait bien aimé qu'il lui raconte. Comme les gens qui reviennent de la guerre, on sait qu'ils ont vu des choses. On a envie de savoir mais on n'ose pas demander. Mauricio pensa qu'il aimerait visiter un abattoir un jour.

Le vin fut servi, puis Damien roula un joint.

« Vous fumez ? »

Sébastien et Mauricio acquiescèrent, alors il en roula un deuxième. Il partagea le sien avec Juliette et tendit l'autre à ses invités.

Juliette prépara le dahl. Mauricio aima l'odeur, un mélange de gingembre, de coco, de cumin, et puis d'autres épices qu'il ne parvint pas à identifier mais qu'il apprécia. Ça se mariait bien avec l'odeur de l'herbe, l'effet du joint se mariait bien avec celui du vin, et Mauricio pensa que parfois la vie pouvait être moins merdique que d'habitude. Lui qui n'avait eu aucune envie de quitter son canapé quelques heures auparavant était maintenant heureux d'être là, en compagnie de ce couple et de leur cochon. Il regarda Damien qu'il trouvait de plus en plus beau. Son hochement de tête s'atténuait, et à mesure qu'il fumait et qu'il buvait il semblait plus présent, plus entier.

Juliette servit le dahl avec des naans à l'ail, un bol de yaourt au citron, et on ouvrit une deuxième bouteille de vin. À un moment, Estelle se leva du canapé et s'approcha de la table en faisant « pok pok pok » avec ses sabots sur le plancher. Puis elle posa sa grosse tête sur les genoux de Damien.

« Non, tu sais très bien que tu n'auras rien, ma belle. »

Juliette ajouta : « C'est dingue, Damien lui a donné une seule fois à manger à table au tout début, quand on venait de l'adopter, et depuis elle demande tous les jours. Ces bêtes ont une excellente mémoire. »

Mauricio se demanda si Damien tuait des cochons à l'abattoir.

Estelle battit en retraite, traversa la cuisine et alla faire un tour au jardin.

Juliette et Sébastien parlèrent de leur travail à la station-service, de leur manager qu'ils ne supportaient pas, d'une de leurs collègues qu'ils soupçonnaient de lui offrir ses faveurs pour garder son poste, et des tas de choses répugnantes qui se passaient derrière les portes des toilettes.

« Tu vois Rita ? Elle récupère les invendus de la boutique et elle va les revendre aux SDF sous le pont de l'autoroute. Normalement elle doit les arroser avec de l'eau de Javel mais elle les planque et elle les revend. Oh, pas grand-chose, 1 ou 2 euros. Mais au bout du compte elle se fait vite 10 balles par jour. Et elle dit qu'elle fait ça par charité. »

Estelle rentra du jardin et retourna s'installer sur le canapé.

« Vous avez encore de la place pour un tiramisu ? »

Damien ralluma un joint, il avait l'air de nouveau absent.

Mauricio mangea une grosse part de tiramisu et pensa que ça aussi, ça se mariait bien avec le joint et le vin et l'odeur des épices. Il n'était pas tard. Peut-être 23 heures.

Juliette ouvrit encore une bouteille de vin. Le hochement de tête de Damien avait repris. Il roulait joint sur joint.

Juliette questionna Mauricio sur son travail.

« Oh bah, pour l'instant je ne gagne pas grand-chose mais je compose, je fais des maquettes, je passe des auditions… »

Il n'avait pas envie de s'étendre sur le sujet. Depuis qu'il avait terminé le conservatoire, deux ans auparavant, il devait admettre que les choses ne se passaient pas telles qu'il les avait imaginées. Heureusement que Sébastien était là et qu'il payait le loyer, mais Mauricio le vivait de plus en plus mal. Il aurait aimé créer un groupe, et que ça fonctionne. Qu'il ait des dates et des contrats. Et que Sébastien soit leur tourneur. Un truc où ils auraient pu passer le gros de leur temps ensemble, voyager et se payer une maison à la mer.

Mais pour l'instant rien ne démarrait et Mauricio se sentait aussi inutile qu'un dildo dans la main d'un pape.

Soudain son attention fut attirée vers Damien. Il fumait toujours son joint et de grosses larmes s'écrasaient en silence sur la toile cirée imprimée de caractères chinois.

Juliette ne parut pas plus surprise que ça, quoiqu'un peu embarrassée. Elle lui caressa la main.

« Mamour, je crois qu'il est temps d'aller dormir… »

À Mauricio et Sébastien : « Ça lui arrive souvent, faut pas s'inquiéter. »

Damien dégagea son bras et se leva, comme s'il avait pris une décision. Il se dirigea vers la cuisine, on entendit le bruit d'un tiroir qu'on ouvre et qu'on referme, puis il revint dans la salle à manger avec un grand couteau.

Il se dirigea vers le salon, s'agenouilla près de la truie qui s'était rendormie sur le canapé. Il se mit à sangloter en l'enlaçant et en enfouissant son visage dans la chair rose de son cou.

« Ne vous inquiétez pas, il ne lui fera rien, ça lui arrive parfois mais il ne lui fera pas de mal. »

Damien posa le couteau contre la gorge d'Estelle et se mit à la caresser avec le plat de la lame.

« Je crois qu'on va y aller. »

C'était Sébastien qui avait dit ça très doucement à Juliette, comme s'il avait eu peur de la casser. Mauricio fixait Damien qui pleurait maintenant comme un petit enfant en émettant de longues plaintes qui résonnaient dans toute la maison.

Juliette posa la main sur l'avant-bras de Sébastien.

« S'il vous plaît, restez un peu, je… »

Sa voix s'étrangla.

« C'est pareil tous les vendredis, c'est pour ça qu'on met les enfants chez ses parents… »

Hébété, Mauricio détacha les yeux du couple Damien-Estelle et échangea un regard avec Sébastien. Puis il demanda : « Je peux mettre de la musique ? »

Juliette hocha la tête.

Mauricio sortit son téléphone de sa poche et le brancha sur la petite enceinte posée sur la cheminée. « Nine » de Patti Smith.

La voix s'éleva comme une incantation. Sébastien resservit du vin, Mauricio prit l'herbe et le tabac pour rouler un nouveau joint. La guitare électrique emplit l'espace. Juliette pleura. Mauricio se sentit étrangement bien. La frontière entre lui et le monde se troublait. Sa peau s'effaçait, son âme se dissolvait, les cris de Damien le traversaient. Ça n'était pas de l'indifférence. C'était l'inverse. Il fallait rester là et absorber. Il alluma le joint. Des milliers d'âmes s'approchèrent de lui en murmurant. Elles occupaient le salon, la salle à manger, toute la maison. Elles ne manifestaient aucune hostilité mais elles saignaient, suintaient d'une douleur qui ressemblait à celle de Damien. Puis elles se mirent à danser. Des centaines, des milliers de fantômes. Mauricio eut envie de danser avec eux. Sébastien proposa une partie de Yahtzee. Juliette accepta. Mauricio ne répondit pas. Patti Smith l'appelait depuis une plaine du Nebraska, craquelée par la sécheresse, et elle dansait avec un troupeau de chevaux sauvages. Mauricio se leva et se mit à danser avec elle et les chevaux et toutes les âmes qui saignaient. Damien lâcha le couteau en s'endormant, blotti contre la truie. Le bruit des dés qui s'entrechoquaient.

Mauricio ferma les yeux et dansa longtemps. Ça dura plusieurs joints, plusieurs chansons. Toutes les douleurs le traversaient mais il se sentait utile. Il ne voulait pas que ça s'arrête. Une fois vidées de leurs souffrances, les âmes s'en allaient, apaisées. La truie regardait Mauricio danser. Il savait qu'elle l'aimait, et il l'aima en retour.

À un moment, Sébastien lui prit le bras.

« On va rentrer mon amour ? »

Juliette les raccompagna sur le seuil, Sébastien la serra dans ses bras. Puis ce fut au tour de Mauricio.

« On peut revenir vendredi prochain ? »

Ils reprirent le chemin du terminus. Sébastien glissa sa main dans celle de Mauricio. Ils marchèrent longtemps. À cette heure-ci il n'y avait plus de tram.

Olivier

« J'ai honte, Monica ! Honte ! »
Olivier roule de plus en plus vite. La colère le fait suffoquer. À l'arrière du petit utilitaire, Julie se tasse un peu. Elle n'a jamais vu son mari en colère. Sur le siège passager, la vieille regarde devant elle. Olivier ne l'a jamais appelée « Mamie » ou « Bonne-Maman », ni aucun de tous ces noms qu'on donne à sa grand-mère. Peut-être parce qu'il ne la voit pas comme sa grand-mère. Et sans doute qu'il ne la voit pas comme sa grand-mère parce que son père lui-même ne la voit pas comme sa propre mère.

Mais s'il ne la considère pas comme sa grand-mère,

pourquoi s'est-il senti obligé de dire : « OK je m'en occupe » quand son père lui a demandé de « gérer ça » ?

« Gérer ça » signifiait aller la chercher dans la petite maison qu'elle occupait au fond d'un bois humide, pour l'emmener où ? Il n'en avait pas la moindre fichue idée. Tout ce que son père lui avait dit c'est que les services sociaux avaient appelé, que le propriétaire du bois avait décidé d'en faire un terrain de paintball, que la maison qu'elle occupait allait être démolie, qu'elle n'avait jamais donné suite aux courriers et aux mises en demeure, qu'en plus cette maison ne répondait à aucune norme d'habitabilité urbanistique, que la procédure d'expulsion avait été établie « dans les règles de l'art » et qu'il avait été décidé que, de toute façon, à plus de nonante ans une vieille dame ne devait plus vivre seule au fond d'un bois, mais dans un établissement médicalisé.

Olivier avait soupiré. Il avait demandé à son père pourquoi il ne laissait pas faire les services sociaux tout simplement, et son père lui avait répondu : « Écoute, fais ce que je te dis ! C'est comme ça ! Tu peux comprendre ça ? Hein ? Est-ce que tu peux comprendre ça ou est-ce que tu es trop égoïste ? »

Olivier avait bien senti que ce n'était pas le moment de discuter. Il avait assez d'ennuis comme ça. Il avait demandé à Julie de l'accompagner.

Dans la voiture, Monica n'a pas dit un mot depuis qu'ils ont quitté le bois. Olivier ne sait pas si elle est encore capable de parler, s'il reste deux neurones connectés dans cette boîte crânienne presque centenaire.

Une heure plus tôt, au volant du petit utilitaire qu'il avait loué, il était allé aussi loin que possible sur le chemin de terre qui s'enfonçait dans le bois, avait dit à Julie de l'attendre là : « Je viendrai te chercher si j'ai besoin d'un coup de main », puis avait marché jusqu'à la petite maison, un fauteuil roulant plié dans la main droite. Ne sachant pas si elle était encore capable de marcher, il avait été prévoyant.

Debout devant la maison mangée par le lierre,

dans le soleil oblique de ce début de soirée, une drôle d'image lui était venue en tête. Une scène de *Beethoven*, ce film qu'il avait vu vingt-cinq fois quand il était petit. Une comédie familiale avec un saint-bernard. À un moment, le père de famille doit emmener Beethoven chez le vétérinaire pour l'euthanasier et il se retrouve devant la cage du chien, le collier et la laisse en main, triste comme la pluie. Le chien le regarde, il comprend, et il le suit sans résister.

Le fauteuil roulant plié dans sa main droite, Olivier s'était avancé jusqu'à la porte en bois. Puis il avait déplié le fauteuil et avant qu'il ait eu le temps de frapper Monica avait ouvert la porte. Sans le regarder, elle s'était assise dans le fauteuil.

Il avait bredouillé : « Bonjour Monica, papa m'a demandé de venir te... »

Mais elle n'avait pas semblé l'entendre. Elle s'était assise, c'est tout, comme si elle avait été prévenue de son arrivée, un petit sac en cuir posé sur ses genoux.

Il avait demandé : « Tu n'as pas des affaires à prendre ? Tu n'emportes que ça ? »

Olivier ne savait pas du tout comment ça se passait dans les maisons de repos. Est-ce qu'il fallait venir avec son lit ? Son matelas ? Elle devait bien avoir quelques objets auxquels elle tenait, qui lui tiendraient lieu de compagnie, des souvenirs, quelque chose…

Il l'avait considérée quelques secondes sur son fauteuil roulant, droite, les yeux dans le vide, puis il était entré dans la maison. Une pièce unique d'une trentaine de mètres carrés qui sentait la cannelle et la feuille morte, éclairée par le soleil et par trois candélabres à la flamme vacillante. Elle n'était garnie que de quelques petits meubles en bois, un vaisselier avec une vitrine derrière laquelle on apercevait un seul service de six tasses, six assiettes, six bols et six verres. Attaché à une poutre en plein milieu de la pièce, il y avait un hamac. Un grand filet rose garni de franges qui semblait avoir été crocheté à la main dans le Yucatán. Olivier avait pensé : « Me dis pas qu'elle dort là-dedans à son âge, cette vieille tarée », mais après un autre coup d'œil autour de la pièce l'absence d'un lit

« normal » lui avait confirmé que si, Monica dormait bien là-dedans.

Il s'était passé une main sur le front, s'était massé les yeux en y enfonçant un peu le pouce et l'index, puis avait bâillé en se disant que c'était très bien, que les choses allaient être plus simples que ce qu'il avait redouté.

Il était ressorti de la maison. Monica l'attendait toujours, assise dans son fauteuil, le regard dans le vague. Il s'était demandé si c'était de la résignation, de la bouderie ou une forme de démence.

Il avait dit : « Je reviens, ne bouge pas. »

Il devait pisser. Il avait attendu le plus longtemps possible parce que depuis ce matin, pisser lui faisait abominablement mal. Comme un jet de lave en fusion qui lui sortait de l'urètre. Il avait pris un premier comprimé d'antibiotique dès le début de l'après-midi, sans attendre un éventuel prélèvement, il n'avait aucune envie de traîner ça ne serait-ce que vingt-quatre heures.

Il avait uriné contre un chêne et, comme prévu, la douleur lui avait arraché un gémissement et même quelques larmes. Ensuite il s'était aperçu qu'il avait laissé son paquet de lingettes antibactériennes dans sa voiture, et qu'il allait donc devoir attendre plusieurs minutes pour se désinfecter les mains, ce qui l'avait contrarié.

Il était revenu jusqu'à Monica, qui n'avait pas bougé mais qui, cette fois, l'avait regardé. D'un œil dans lequel il n'était pas parvenu à déceler la moindre information.

Comme pour se justifier, il avait demandé : « Tu n'as pas reçu les mises en demeure ? »

Elle n'avait pas répondu, alors il s'était mis à pousser le fauteuil en direction de sa voiture.

Les roues fines s'étaient enfoncées dans le tapis de feuilles mortes. Olivier avait poussé sur les poignées pour incliner le fauteuil vers l'arrière et soulever les petites roues avant. Mais même comme ça, faire avancer Monica lui avait demandé un effort intense. Il avait poussé, suant, le corps incliné vers l'avant, pesant de tout son poids, le visage à quelques centimètres des cheveux blancs fins qui sentaient aussi la cannelle et la feuille morte. En réalité, tout sentait la décomposition ici. Olivier avait pensé aux milliers d'organismes qui grouillaient sous ses pieds, les vers, les cloportes, les acariens, les collemboles, les bactéries, les champignons, et il avait réprimé un haut-le-cœur. Il fulminait intérieurement en pensant que Monica était sur ses deux pieds quand elle lui avait ouvert la porte, donc qu'elle était capable de marcher et de lui épargner cet effort, mais il ne voulut pas lui poser la question.

Finalement il s'était arrêté et avait appelé : « JULIIIIE ! »

La sueur commençait à couler le long de son dos, il n'aimait pas ça. Ça lui rappelait qu'à trente-cinq ans il avait la condition physique d'un panda asthmatique. Il aurait fallu qu'il perde dix kilos, qu'il mange moins, qu'il bouge plus. Il le savait. Et il détestait que la vie le lui rappelle. Julie l'avait rejoint. « Bonjour madame ! » avait-elle lancé à Monica, qui l'avait gratifiée d'un regard vide pour toute réponse. « Aide-moi, je n'arriverai jamais à la remonter tout seul. » Julie avait tourné le dos à la vieille, s'était accroupie devant le fauteuil, avait glissé ses mains sous le repose-pieds. « 1, 2, 3. »

Et elle l'avait aidé à la soulever. C'était ça qu'Olivier aimait chez sa femme. Tout était si simple avec elle. Elle ne discutait jamais, ne faisait pas d'histoires, ne posait aucune question. Monica s'était laissée transporter, comme une impératrice dans un palanquin, adressant des adieux silencieux à ce bois qu'elle ne reverrait plus. Elle y avait vécu plus de quarante ans. Son âme avait pris racine ici, dans cette petite vallée verte et brune. Chaque centimètre parcouru vers le haut de la côte lui avait arraché un morceau d'elle-même. Elle avait senti l'haleine d'Olivier dans sa nuque, il semblait au bord de l'infarctus, essoufflé à ne plus pouvoir parler, le visage rouge comme une crête de coq. Une fois en haut de la pente, Julie avait aidé Monica à monter dans la voiture. Elle lui avait tendu un sachet de cerises. « On a pris ça en chemin, on s'est dit que vous auriez peut-être faim. »

Une heure plus tard, Olivier est de nouveau rouge et essoufflé. Mais de fureur cette fois. Qu'est-ce qui lui est passé par la tête, d'aller observer ces gens ? Et puis eux, qui copulaient comme ça sur une aire d'autoroute, mais où va-t-on ? Est-ce qu'il fait ça, lui ? Et cette vieille tarée qui regardait !

« Et arrête de cracher ces noyaux dans la voiture ! »

Ses mains tremblent sur le volant. De l'arrière, la voix de Julie lui parvient : « Olivier, tu ne devrais peut-être pas rouler aussi vite… »

Il s'aperçoit que la rage lui a fait appuyer sur l'accélérateur et qu'il roule maintenant à plus de 170 km/h, l'utilitaire vibrant sous l'effet du moteur en surrégime.

« Tu as raison, mon coquelicot, excuse-moi. »

Monica continue de manger ses cerises, indifférente.

La maison médicalisée qu'Olivier a appelée ne peut pas accueillir la vieille avant une semaine, il a donc réservé un hôtel en attendant. Chez Julie et lui il n'y a pas la place. Et puis chez eux, c'est aussi chez ses parents et son père ne veut pas voir Monica.

Olivier commence à se demander si c'est une bonne idée. Et si elle faisait des bêtises ? Si elle vidait le mini-bar ? Si elle pissait sur le lit ? Après tout il ne sait pas, il ne la connaît pas. Et c'est sa carte de crédit que l'hôtel a prise en garantie.

Pourquoi doit-il s'occuper de cette vieille bonne femme qu'il ne considère même pas comme sa grand-mère ? Il commence à en vouloir à son père de lui avoir mis ce problème sur les bras.

Biologiquement, Monica est la mère de son père, Roger. Mais elle ne l'a pas élevé. Tout ce que Olivier sait, c'est qu'elle l'a abandonné à la naissance, alors qu'elle était âgée de seize ans.

Monica a débarqué dans la vie de Roger des années plus tard, alors qu'il était en faculté de médecine. Ça avait été un choc pour lui. Il ignorait tout de son adoption.

Olivier n'en sait pas plus, si ce n'est que son père a beaucoup souffert de toute cette histoire. Lui-même n'a jamais connu ses grands-parents adoptifs, déjà morts à sa naissance.

« Conduis-moi au Luxembourg. »

La voix de Monica a surgi, rugueuse comme l'asphalte. Olivier manque de répondre : « Ah mais donc tu parles en plus ? » Puis il se ravise. Se contente d'inspirer profondément. Sur le bord de la route, un panneau indique une station-service à deux kilomètres.

« Non, je te conduis à l'hôtel. Une maison de repos t'attend dans quelques jours, c'est ce qui est prévu.

– Si tu me conduis au Luxembourg, il y aura pas d'hôtel, pas de maison de repos, rien de tout ce bordel, je te coûterai pas un rond, tu seras débarrassé de moi. T'auras qu'à dire à ton père que j'étais déjà plus là quand t'es arrivé chez moi, que tu n'as aucune idée de l'endroit où je peux me trouver, fin de l'histoire, tout le monde sera content. Et je te promets que t'entendras plus jamais parler de moi. »

Olivier ne répond rien. Il jette un œil à Julie dans le rétroviseur. Il a envie de pisser, encore. Dans son urètre gonflé et brûlant se joue une véritable guerre de tranchées. La douleur et la démangeaison oblitèrent toute faculté de raisonnement. Il voudrait juste rentrer chez lui, prendre un bain chaud, s'assommer de somnifères et se blottir dans son lit. Julie regarde par la fenêtre, inexpressive, absorbée par la masse insondable de la forêt. Est-ce qu'elle a seulement entendu la conversation ? Olivier réalise qu'elle est particulièrement lointaine ces derniers temps. Comme si elle n'était plus concernée par rien. Peut-être est-elle enfin enceinte ?

La station-service apparaît derrière les arbres. Monica tourne la tête vers Olivier, crache un noyau de cerise qui ricoche sur sa joue et atterrit sur ses genoux.

« Ah mais putain !!!! C'est dégueulasse ! »

Monica émet un rire chargé de glaires, un rire de vieille fumeuse.

Olivier met son clignotant et s'engage sur la bande de sortie.

« J'en peux plus de toi Monica ! »

Il faut qu'il pisse. Qu'il se débarrasse de ce noyau. Qu'il se désinfecte la joue et les mains. Pour le reste il verra. Il pourrait aussi bien la laisser là, sur le parking de cette station-service. Puisqu'elle aime tant la forêt, elle n'aurait qu'à y retourner. Qu'elle aille crever dans les fougères et les champignons. Avec cette canicule, elle ne mourrait pas de froid. Peut-être qu'elle retournerait à l'état sauvage, qu'elle arpenterait la forêt à moitié nue, se nourrissant de glands et de racines. Et puis un jour elle s'endormirait au bord d'un marécage, la boue l'engloutirait et ça serait tout. Sa vieille existence inutile prendrait fin, et ça n'affecterait personne. Surtout pas lui.

Il aime cette idée. La perspective d'être au lit dans une heure, une bonne dose de dérivé morphinique dans les veines. Et la tranquillité, enfin.

Victoire II

Victoire était contente du petit SUV qu'elle avait loué. L'habitacle, qui exhalait encore un parfum de neuf, était haut sur la route. Elle se sentait en sécurité.

Le shooting s'était éternisé, évidemment, et elle avait quitté Paris plus tard qu'elle ne l'avait espéré. Elle devait prendre le ferry à Hirtshals, à la pointe nord du Danemark, dans vingt-quatre heures, alors que son GPS lui indiquait encore dix-neuf heures de route. Elle aurait à peine le temps de s'arrêter pour dormir un peu. Elle se trouvait quelque part au sud de la Belgique, dans une région qu'elle ne connaissait pas et qu'elle ne voulait pas connaître.

En observant les sapins qui s'alignaient sur des kilomètres carrés, elle se disait que l'endroit devait peut-être avoir un certain charme en hiver, sous la neige, devant un feu ouvert, une tasse de lait chaud à la cannelle entre les mains. Mais là, en pleine canicule, elle trouvait ces forêts inhospitalières, presque menaçantes. Elle imaginait des histoires sordides de campeurs égorgés par des chasseurs du coin, ou par quelque mystérieuse créature sanguinaire. Ou encore des sociétés secrètes trouvant leurs origines dans les méandres obscurs du Moyen Âge, dont les membres crucifiaient les touristes dans des clairières en psalmodiant des prières dans des langues oubliées, le visage dissimulé sous des draps blancs.

Le cerveau de Victoire se laissait aller, bercé par la monotonie de la route et par la fatigue, et il ne remarquait pas le souvenir qui s'apprêtait à surgir, comme une bulle d'air saturé de soufre, remontant des abysses. Il se faufilait dans les méandres de son psychisme, déjouant les pièges et les mécanismes de défense, vers la lumière du jour. Il avait suffisamment attendu. Il était temps.

Victoire avait douze ans. Tout le monde s'extasiait sur sa beauté. Elle avait d'immenses yeux noirs, les incisives légèrement écartées, « les dents du bonheur » comme disait sa mère, découvertes par son sourire immense, son sourire d'enfant avec qui la vie s'était montrée bienveillante jusqu'ici. Elles vivaient seules toutes les deux. Leur situation financière avait pris une tournure critique quand le père de Victoire les avait abandonnées quelques années plus tôt, alors qu'elle n'était encore qu'un bébé. Mais sa mère avait toujours veillé à la protéger de ses problèmes d'argent. Elle travaillait dans un bar en ville. Comme serveuse, avait-elle dit à Victoire.

Ce jour-là, Victoire était heureuse. Elle allait tourner dans sa première pub, en tant que comédienne, ou mannequin, elle ne savait pas exactement ce qu'il fallait dire. Un homme les avait abordées sa mère et elle, alors qu'elles faisaient des courses au supermarché. Il avait expliqué qu'il possédait un parc aquatique à quelques kilomètres de là, et qu'il cherchait une jolie jeune fille pour l'affiche et le spot promotionnel de l'été prochain. « Il faudra juste sourire et nager avec un dauphin. »

Victoire et sa maman avaient été flattées. Et puis, nager avec un dauphin, est-ce que ce n'était pas le rêve de toutes les petites filles ? En plus il y avait de l'argent à gagner. C'était facile. En quelques heures, elle allait rapporter à sa mère de quoi payer un mois de loyer. Victoire entrevoyait la possibilité de commencer à gagner un peu sa vie, d'aider sa maman.

Le rendez-vous fut pris et Victoire arriva, heureuse et impatiente, dans le parc, qu'elle connaissait pour l'avoir déjà visité. Elle avait assisté au spectacle des dauphins, qui tournoyaient au-dessus du bassin turquoise, et cet univers lui avait semblé merveilleux.

Sur le parking, sa mère et elle furent accueillies par l'homme qui les avait abordées au supermarché. « Tu peux m'appeler Marc. » Il avait un regard bleu franc. Il s'adressa à la mère de Victoire : « On va commencer par le contrat, je veux que tout soit fait dans les règles. » Et puis il les emmena vers le bassin des dauphins. Au passage, ils croisèrent un employé du parc. « Miguel, tu n'oublieras pas les vitamines des otaries. » À la mère de Victoire :

« Ces bestioles sont nourries comme des athlètes. On pèse tout, on leur donne des compléments alimentaires, des médicaments. À se demander comment elles arrivent à survivre par elles-mêmes dans l'océan ! »

C'était la fin de la journée et le parc se vidait de ses visiteurs. Des enfants pleuraient, suppliaient leurs parents de rester encore, de retourner voir les dauphins, une dernière fois. Victoire se sentait privilégiée.

Près du bassin, Victoire et sa mère découvrirent le dispositif de tournage : quelques spots, quelques réflecteurs et une petite caméra dans un étui de protection étanche. Un jeune homme s'activait, branchait des câbles. Le bassin ressemblait à une large piscine de béton, ronde, au fond de laquelle tournoyait l'ombre d'un dauphin. Victoire s'approcha, puis s'agenouilla pour mieux le voir. Marc s'accroupit à côté d'elle.

« Il est beau, hein ? Il s'appelle Reiko. Il est avec nous depuis deux ans maintenant. Et dans un mois, il va être papa ! »

Il désigna un autre bassin.

« On l'a séparé des femelles pour l'instant. Si tu veux, tu pourras venir voir le delphineau quand il sera né. Viens, je vais te présenter aux autres ! »

Le jeune homme qui branchait les câbles s'appelait John. Il était étudiant en cinéma. Il assisterait Philippe, un ami de Marc, qui travaillait dans le marketing et s'occuperait de la réalisation du spot. Il y avait aussi Hugo, le dresseur de Reiko. Et Sonia, l'assistante de Marc. Elle tendit à Victoire un sac en plastique H&M. « Tu viens te changer ? »

Victoire la suivit dans un petit local technique. « C'est pas le grand luxe, mais les bureaux se trouvent à l'autre bout du parc. » Victoire ouvrit le sac en plastique. Il y avait plusieurs bikinis neufs. « N'enlève pas les étiquettes, et viens nous montrer pour que Marc et Philippe choisissent celui qui te va le mieux. » Sonia était souriante mais un peu froide, tendue. Elle referma la porte et laissa Victoire se changer.

Victoire enfila d'abord le bikini qui lui plaisait le plus, un jaune à fleurs rouges, puis elle alla rejoindre les autres. Il y eut différents commentaires sur la couleur, le modèle, elle en essaya un autre, puis un troisième. On lui fit des compliments sur sa minceur, sa finesse, son élégance. Sa maman semblait fière, assise sur un muret au bord du bassin. Finalement on opta pour le premier, jaune à fleurs rouges, ce qui fit plaisir à Victoire. Il était temps de commencer. Philippe prit la direction des opérations.

« Hugo va te guider. Ce qu'on veut, ce sont de belles images de toi qui t'amuses avec le dauphin. »

Victoire s'avança sur la petite plage de béton. L'eau était plus froide que ce qu'elle croyait. Mais elle restait fascinée par l'ombre qui tournoyait au fond du bassin. Hugo, pieds nus dans sa combinaison de plongée, tapota la surface de l'eau et l'ombre approcha. Le dauphin sortit la tête de l'eau et Hugo lui jeta un poisson dans la bouche.

« Viens, tu peux le caresser. »

Victoire toucha la peau lisse et tiède. Il y avait une force, une puissance qui émanait de lui. Son œil noir la scrutait et Victoire crut y déceler une forme d'hostilité. Ça n'était pas la créature amicale et joyeuse qu'elle avait imaginée. Soudain l'idée de se retrouver dans l'eau, fragile, vulnérable, face à cette masse de muscles l'effraya. Elle regarda sa maman qui observait la scène, émerveillée.

Philippe avait commencé à filmer, caméra sur l'épaule.

« Voilà, Hugo, éloigne-toi. Victoire, c'est bien, continue de le caresser. Si tu pouvais mettre tes cheveux sur le côté, que je voie bien ton visage, vooiilà ! Parfait ! Maintenant, souris un peu ! Trèèèèès bien ! Approche-toi plus, pose ta tête sur la sienne et regarde la caméra. Voilà. Avec le sourire. »

Le dauphin ne bougeait pas, et Victoire pensa qu'elle s'était peut-être fait des idées. Elle se détendit un peu. Sa maman se leva.

« Bon, je vous laisse, il faut que j'aille travailler. Ça va aller, ma puce ?

– Oui, ne vous inquiétez pas, Sonia vous la ramènera quand on aura fini. On en a pour deux heures maximum », répondit Marc.

Victoire lui fit un petit signe et elle s'en alla.

« Bon, maintenant mets-toi dans l'eau. »

Victoire entra dans l'eau qui lui sembla glacée, et s'élança dans le bassin. Le dauphin avait plongé aussi, elle ne le voyait plus.

« Quand il arrivera entre tes jambes, tu t'accroches à sa nageoire et tu le laisses faire. Imagine-toi une balade à poney, mais dans l'eau. »

Philippe avait roulé son jean sur ses mollets et la filmait toujours, les pieds dans l'eau, la caméra posée sur la surface du bassin.

Victoire nageait sur place. Elle vit Hugo faire un signe depuis la petite plage et, soudain, la masse glissante du dauphin surgit entre ses jambes et la souleva. Elle poussa un petit cri et tomba à la renverse. Sa tête s'enfonça dans l'eau, elle fit une pirouette et remonta. Une fois à la surface, elle entendit les rires des autres.

« C'est pas grave, ça surprend toujours la première fois, recommence ! » lui cria Hugo.

Elle se remit en position, vit de nouveau le geste d'Hugo, se concentra. Quand le dauphin arriva, elle s'agrippa à sa nageoire. Il l'emmena autour du bassin et elle se mit à rire. Elle était à la fois fière, heureuse et effrayée. Elle se sentit capable d'accomplir de grandes choses. Le monde lui apparut comme un endroit menaçant, dangereux, et pourtant foisonnant de joies et d'opportunités à saisir.

Cette sensation la grisait. Elle entendait à peine Philippe qui lui criait :

« C'est parfait ! Continue ! C'est exactement ça ! »

Elle fit ainsi plusieurs tours du bassin en riant, le corps musculeux du dauphin ondulant sous le sien, puis il plongea et elle lâcha prise.

Elle nagea vers le bord où l'attendaient Marc et Philippe. Ils avaient l'air heureux.

« C'est parfait, Victoire ! Tu t'en sors très bien ! »

Elle recommença, autant de fois qu'on le lui demanda. Reiko obéissait à Hugo. À chaque tour de bassin, elle ressentit cette joie mêlée de crainte, et ce sentiment de puissance. Au bout d'une heure, elle commençait à se sentir fatiguée. Philippe la rappela au bord.

« Maintenant on va essayer quelques images sous l'eau. Il faut seulement que tu nages avec lui et que tu t'amuses. »

Il s'avança sur la petite plage et plongea la caméra sous l'eau.

« Voilà, on essaie. Si ça marche pas, c'est pas grave, on a déjà plein de belles images. »

Victoire nagea de nouveau jusqu'au milieu du bassin. Le dauphin vint tourner autour d'elle.

« Quand tu es prête, plonge sous l'eau. Essaie juste de garder les yeux ouverts et de sourire. »

Victoire plongea. L'eau lui piqua un peu les yeux. Reiko s'approcha, l'effleura. Puis il dirigea son nez vers l'entrejambe de Victoire. Elle le repoussa. Il se remit à nager autour d'elle, mais il semblait tout à coup obsédé par son sexe. Il revint à la charge, son corps s'enroulant autour de celui de Victoire, son nez fouillant à travers l'étoffe du bikini. Victoire remonta à la surface. Une nouvelle fois, Philippe, Marc, Hugo et John s'esclaffèrent. Sonia semblait avoir disparu. En tout cas, Victoire ne la voyait plus.

« Il bande comme un âne ! » remarqua Philippe sur sa caméra entre deux éclats de rire, ce qui redoubla l'hilarité des autres.

Reiko revint à la surface, se pressa contre le corps de Victoire, et elle put sentir distinctement le sexe du dauphin contre sa jambe. Il la couvrit de toute sa masse et l'emmena sous l'eau. Victoire essaya encore de le repousser mais il faisait six fois son poids. Et il était dans son élément. Elle n'avait aucune chance. Elle essaya de lui échapper mais il se collait à elle, replaçait son corps au-dessus de celui de Victoire. Elle le sentait onduler, sa peau dure et tiède contre la sienne, peser de toute sa masse pour l'entraîner vers le fond du bassin. De la surface lui parvenaient toujours les rires des autres.

Victoire comprit qu'elle pouvait mourir ici, maintenant. Que personne n'était de taille à lutter contre Reiko. Il avait décidé qu'elle était à lui. Toute son existence, ses rêves, ses émotions, tout ça ne comptait plus. Elle n'était plus qu'un jouet pour cet animal de deux cent cinquante kilos, l'instrument de son obsession. Ce qu'il voulait, c'était son sexe, et elle n'était plus que ça. Un sexe. Dédié à satisfaire les pulsions d'un monstre marin. Et à amuser quelques types, qui riaient toujours à la surface. Quand le dauphin plongea et enfonça son nez une nouvelle fois entre ses jambes, Victoire prit appui sur sa tête pour se propulser à la surface. Elle eut à peine le temps de prendre une grande inspiration que Reiko fut de nouveau sur elle, la poussant de son flanc avec une agressivité redoublée. En plus d'être excité, il était maintenant en colère, elle le sentait.

« Au secours ! Aidez-moi !

– Laisse-le faire, il va se calmer tout seul ! » lui cria Hugo.

Reiko saisit le bas du bikini entre ses dents et tira vigoureusement, ce qui entraîna encore une fois Victoire vers le fond du bassin. La terreur l'aveugla. Elle sentit le bikini se déchirer, le corps du dauphin furieux se déchaîner contre elle. Elle assista soudain à la scène, comme si elle en était devenue spectatrice. Ça n'était plus son corps, ça n'était plus elle, ça ne la concernait plus. La lutte avait pris fin, l'animal avait gagné. Elle perdit connaissance. Quand elle revint à elle, elle se trouvait sur la petite plage de béton, le visage d'Hugo, trempé, penché sur elle.

« Ça va ? »

Elle ne répondit pas, se redressa. Au fond du bassin, l'ombre noire s'était remise à tournoyer. Et à la surface, quelque chose flottait. Un bikini jaune à fleurs rouges.

Red Apple

Je n'ai gardé aucun souvenir de ma naissance. Comme tout le monde. Mais je peux me l'imaginer sans peine. Une prairie grasse dans les Midlands. Ma mère qui s'éloigne du groupe et agite l'encolure avec des mouvements d'impatience, la tête se balançant de droite à gauche. Elle avait toujours ce geste quand elle vivait une situation angoissante. Et je suppose qu'une mise bas doit être une situation angoissante. J'étais son premier poulain. Peut-être que Mike a remarqué son attitude, qu'il est sorti de sa maison pour venir l'aider. La caresser, s'agenouiller près d'elle quand elle s'est allongée. Ou peut-être qu'elle a tout fait toute seule. Je n'en sais rien, et ça n'a pas beaucoup d'importance.

Ce que je sais, c'est que j'ai été heureux chez Mike. Un brave type qui travaillait dur pour prendre soin de nous. Il portait une casquette en laine posée sur ses sourcils, qui ressemblaient à deux touffes de bruyère sèche, et sur ses oreilles rougies par le froid et l'alcool. Sa grosse veste en coton huilé sentait la cendre, le genièvre et la sueur. Sa voix éraillée, ses lèvres craquelées qui ne souriaient jamais lui donnaient un air redoutable, mais en réalité c'était un homme gentil et seul, qui se contentait de la compagnie de ses chevaux. Et qui pleurait chaque fois qu'il voyait partir l'un d'entre nous.

Au printemps, le soleil séchait la terre lourde de la lande. L'herbe était douce et juteuse. Moi je jouais avec les autres poulains et quand j'avais besoin de repos, je trouvais le flanc de ma mère et ses mamelles gorgées de lait chaud. À l'automne, nous rentrions passer nos nuits au sec, sur l'épaisse litière de paille, que Mike changeait chaque jour. C'était un grand enclos intérieur, dans lequel nous pouvions circuler librement.

À l'aube, il venait nous ouvrir les portes du couloir qui menait vers la prairie, dont l'entrée se transformait en bourbier, à force d'être piétinée chaque jour au même endroit. Nos sabots s'enfonçaient dans la glaise collante et froide, et nous nous amusions de cette matière nouvelle.

Chaque saison apportait des sensations inédites, toujours inoffensives, souvent agréables. Quand le froid arrivait, la maison de Mike qui jouxtait l'écurie exhalait un parfum de feu de bois.

Bien sûr je me doutais que ça ne durerait pas. De temps à autre, des gens venaient, parlaient avec Mike, déambulaient dans la prairie et désignaient l'un de nous. Alors Mike lui passait un licol et l'emmenait à l'écurie. Une fois sellé, celui qui avait été choisi faisait quelques tours de piste, sautait quelques obstacles. Parfois il revenait parmi nous, parfois il était emmené. Et nous ne le revoyions plus.

Ceux qui partaient étaient plus vieux que moi. De plusieurs étés. Il fallait au moins trois étés avant que Mike envisage de nous mettre une selle sur le dos. Je ne sais pas pourquoi les choses se sont passées autrement pour moi. C'était mon deuxième été. Des gens sont venus. Un homme et une jeune fille. Ils sont arrivés dans la prairie et la jeune fille m'a montré du doigt en sautillant sur ses longues jambes. Mike a fait un signe de tête qui voulait dire « non ». Ma mère a pointé ses oreilles dans leur direction. Presque imperceptiblement, elle a commencé à agiter son encolure de droite à gauche. La jeune fille a joint les mains et a dit quelques mots à son père. Le père s'est adressé à Mike, qui a froncé les sourcils, a retiré sa casquette, puis s'est gratté les cheveux. Il a encore secoué la tête. La jeune fille a commencé à émettre de petits couinements aigus. Le père s'est mis à marcher avec Mike, qui tenait toujours sa casquette à la main. Ma mère les regardait, les naseaux dilatés. Sa gorge émettait des grondements nerveux, presque inaudibles. La jeune fille s'est avancée dans ma direction. Elle avait des joues roses d'enfant et de grands yeux vifs dans lesquels brillaient des lendemains merveilleux, faits de promenades à l'aube dans les chemins creux, de caresses et de confidences les dimanches de neige devant quelques galettes de foin tiède. Son avenir se dessinait là, dans ses prunelles brillantes, et j'en étais le héros.

Ma mère s'est mise à piaffer et s'est interposée entre la gamine et moi. Mike a serré la main du père et a remis sa casquette.

Il a crié quelque chose à la petite, qui n'a pas écouté et a continué d'avancer. Ma mère s'est cabrée, pointant ses sabots menaçants.

La petite, apeurée, est retournée près de son père. Ils sont tous repartis vers la maison de Mike. Une fine bruine accompagnée d'un vent glacé commençait à balayer la lande.

Ma mère s'est calmée et s'est remise à brouter. Je suis retourné jouer avec les autres. La bruine s'est transformée en pluie battante.

Au bout d'un moment, Mike nous a appelés pour rentrer à l'écurie. Tout le groupe s'est dirigé tranquillement vers le bourbier, puis le couloir, heureux de se mettre au sec. Quand ma mère a pénétré dans l'enclos, Mike a refermé la barrière juste derrière elle. Moi j'étais encore dans le couloir. Elle a fait volte-face, m'a regardé et nous avons compris. Mike s'est dirigé vers moi avec un licol. Je ne savais pas comment réagir alors je l'ai laissé faire. Ma mère a commencé à hennir, jetant son poitrail contre la barrière. La jeune fille est apparue et s'est approchée de moi. Le père a ouvert le tape-cul à l'arrière du van accroché à sa voiture.

Mike a passé la main sur mon front. Quelques mots tristes ont roulé dans sa gorge.

J'ai regardé ma mère qui poussait des hennissements furieux en frappant la porte avec ses sabots. J'ai poussé un cri aussi. La pluie et la panique me brouillaient la vue. Je voulais la rejoindre, sentir la caresse de son souffle sur mon dos, retourner près du groupe, près de ceux qui m'avaient vu naître, les vieux, les grincheux, et même les étalons qui me faisaient peur.

Mike m'a entraîné doucement vers le van. Je l'ai suivi en appelant ma mère, désemparé.

La porte s'est refermée et je suis parti.

La jeune fille s'appelait Avril. Avec son père, elle habitait un ancien moulin à eau en pierres jaunes au bord d'une petite rivière. Mon écurie était neuve et très confortable. Une large prairie avait été aménagée, bordée de haies et de clôtures en bois. Les premiers soirs, Avril a tenu à dormir avec moi pour me tenir compagnie. Elle me parlait, me racontait des histoires, me faisait écouter ses musiques préférées. Le souvenir de Mike, des autres chevaux et même de ma mère s'est peu à peu estompé. Avril m'aimait, j'aimais Avril, et la promesse que j'avais vue dans ses yeux le jour où elle s'était approchée de moi dans la prairie se réalisait. Elle m'avait appelé Red Apple, parce que ma robe alezan vif tirait sur le rouge. Souvent, quand elle m'apportait des pommes, elle les plaçait d'abord contre mon flanc pour comparer les couleurs et elle me disait : « Tu as vu ? C'est pareil ! »

Chaque matin elle arrivait, enlaçait mon encolure, posait sa tête contre mon épaule et nous restions comme ça de longues minutes. Ensuite, nous allions jouer dans la prairie. Elle courait, je la poursuivais, lui chatouillais la nuque avec mon museau, puis c'était à elle de me pourchasser.

Parfois son père venait nous regarder, appuyé contre la clôture, et il souriait. Il ne ressemblait pas à Mike. C'était un homme qui n'aimait pas être dehors. Son odeur d'humain était presque imperceptible, couverte par des fragrances synthétiques que je n'aimais pas. Quelque chose comme de la sauge et de l'écorce de pin. Il avait un peu peur de moi. Avril l'encourageait à s'approcher, à essayer de me caresser du bout des doigts. Moi je baissais la tête pour lui montrer qu'il n'avait rien à craindre. Il lui est arrivé de me caresser le toupet, entre les oreilles, jamais plus. Mais il était gentil et je crois qu'il m'aimait bien parce que j'étais l'ami de sa fille. Son seul ami. Avril me racontait l'école et les autres enfants, leurs jeux cruels pour la faire pleurer.

Chaque matin, elle me sortait de mon box avant de partir pour l'école. Je passais mes journées à brouter, en observant la course du soleil, ou les marcheurs qui se promenaient sur le chemin de terre, le long de ma prairie. Il y avait parfois des chevaux, avec leur cavalier, alors je me précipitais pour les saluer. Le contact de mes semblables aurait pu me manquer s'il n'y avait pas eu Avril. Quand elle rentrait à la maison en fin d'après-midi, elle jetait son cartable, courait vers moi et nous passions les dernières heures de la journée ensemble.

Il y a eu un hiver, un printemps, puis l'été est arrivé. Avril pleurait de joie à l'idée de profiter de ces longues semaines de vacances avec moi, loin de l'école.

Un matin, elle est venue avec une selle et un bridon. J'avais vu ces choses sur les autres chevaux mais je ne les imaginais pas sur moi.

Je voulais faire plaisir à Avril, plus que tout, alors je l'ai laissée me glisser le mors dans la bouche. Je n'aimais pas ce goût de métal, et puis je ne savais pas où placer ma langue. J'ai ouvert et fermé ma bouche quelques fois, en mâchonnant cette chose qui me gerçait déjà la commissure des lèvres. Ma langue s'est coincée derrière le mors, tassée au fond de ma gorge. J'ai secoué la tête pour essayer de me libérer. Pendant ce temps, Avril m'a mis la selle sur le dos. La sangle m'a serré la cage thoracique, je n'aimais pas ça non plus. J'éprouvais trop de sensations neuves en même temps et ma vue s'est brouillée, comme le jour où on m'avait emmené loin de ma mère. Avril a saisi les rênes et m'a guidé vers la prairie. Le mors est passé sous ma langue, heurtant douloureusement mes dents. J'ai encore secoué la tête, puis tout mon corps pour essayer de me débarrasser de ces choses qui me serraient et m'entravaient. Le père d'Avril était là, derrière la barrière. Il lui disait des choses que je ne comprenais pas, le cerveau confus, mais je percevais l'inquiétude dans sa voix.

Quand Avril s'est hissée sur mon dos, j'ai cru que j'allais tomber, déséquilibré par son poids. Puis elle s'est assise sur la selle. Moi je ne supportais plus rien, ni le mors qui s'enfonçait sous ma langue, ni la muserolle autour de mon nez, ni la sangle qui m'empêchait de respirer correctement, ni le poids d'Avril sur mon dos. Je me suis débattu, je me suis cabré, j'ai rué, et le corps d'Avril s'est envolé. J'ai entendu un choc contre le bois de la clôture, puis le cri du père. Aveuglé par la peur, je suis parti au galop. Mes pieds se sont emmêlés dans les rênes qui traînaient au sol, le mors a encore frappé mes dents, je me suis cabré une nouvelle fois, trop fort. Entraîné par mon élan, je suis tombé sur le dos, le pommeau de la selle s'est enfoncé entre mes épaules. Je me suis relevé, malgré la douleur, et j'ai compris qu'il valait mieux ne plus bouger. J'ai essayé de reprendre mon souffle. Puis j'ai regardé vers Avril. Elle était allongée par terre et ne bougeait plus. Son père hurlait, affolé. Je me suis approché, doucement. Quand il m'a vu, il s'est mis debout entre Avril et moi en criant et en gesticulant, alors je me suis éloigné.

Quand l'ambulance est arrivée, sa sirène m'a vrillé les tympans. Je suis parti tout au fond de la prairie. Il y a eu de l'agitation, tout le monde se pressait autour d'Avril, puis ils l'ont couchée sur une civière et ils sont repartis.

Le silence est revenu. J'étais seul, toujours sellé et bridé, et j'avais peur. Mes dents me faisaient mal, mon dos me faisait mal, et j'avais envie qu'Avril revienne.

Mais personne n'est revenu ce jour-là. J'ai dormi dehors, debout parce que la selle m'empêchait de me coucher confortablement.

Le lendemain, une femme que je ne connaissais pas est venue me voir. Elle semblait avoir peur de moi mais elle a enlevé la selle et le bridon, puis elle est repartie. Les jours sont passés et Avril n'est pas revenue.

Un soir, il y a eu de la lumière dans la maison. La silhouette du père est apparue dans l'encadrement d'une fenêtre. Il m'a regardé un long moment, puis il a disparu.

Plusieurs jours sont passés encore. La lande vaporeuse à l'aube, qui m'avait enchanté quelques semaines auparavant, m'épouvantait désormais. Parce qu'elle annonçait une nouvelle journée de solitude. Avril n'était pas seulement mon amie, elle était le centre de mon univers, le corps céleste autour duquel je gravitais. Et je crois que c'était pareil pour son père. Avril était le mouvement. Et Avril n'était plus là.

L'été s'est étiré, inconsistant, interminable. Pas un seul être, humain ou animal, avec lequel communiquer. Il y avait parfois un renard qui passait, mais il ne me parlait pas. Quand il se faufilait juste avant l'aurore, de retour de sa chasse, j'essayais de l'appeler mais il m'ignorait. Sauf un jour, où il m'a crié de loin « Ta gueule ! » avant de disparaître dans un bosquet. Ça m'a blessé. J'ai pensé que c'était sans doute parce qu'il était sauvage et que j'étais domestique. Il me snobait. C'était injuste. Je n'avais pas choisi. Mais si être un animal domestique signifiait être l'ami d'Avril, j'en étais fier. Et puis venant de quelqu'un qui mangeait dans les poubelles des humains, franchement… J'ai arrêté d'y penser et je l'ai ignoré moi aussi.

Il y avait parfois les chevaux ou les promeneurs qui me saluaient sur le petit chemin, mais ils ne faisaient que passer.

Les jours se sont transformés en semaines, l'automne est arrivé. L'herbe se raréfiait dans ma prairie. Par chance, il pleuvait suffisamment pour remplir la vieille baignoire sur pieds qui me servait d'abreuvoir. Je n'avais pas soif. Mais j'avais faim. Et la terre humide se transformait en bourbier, comme chez Mike. Sauf qu'ici je n'avais pas d'endroit où rentrer le soir, au sec. Mes pieds macéraient dans la boue jour et nuit.

Un matin, le père d'Avril est venu. Il a jeté quelques galettes de foin dans la prairie. Son regard était chargé de larmes et de haine. Il sentait l'alcool. Pas le même que Mike. Un alcool plus dangereux.

Il m'a regardé quelques instants, je n'ai pas osé m'approcher. Puis il est reparti dans sa maison.

Quand l'hiver est arrivé, mes paturons sont devenus douloureux. Des plaies s'étaient ouvertes au-dessus de mes sabots, à cause de la boue. Et j'avais maigri. Parfois le vent m'apportait des hennissements venus du nord. D'autres chevaux vivaient à quelques kilomètres. Sans doute étaient-ils bien traités, en tout cas mieux que moi. Je m'en voulais de ne pas avoir sauté par-dessus la barrière tant que j'en avais encore la force. Le père d'Avril était revenu me donner du foin quelques fois, mais depuis plusieurs semaines il paraissait m'avoir oublié. Dans la maison, les lumières ne s'allumaient plus. Je crois qu'il était parti.

Un matin, le ciel semblait hésiter entre la neige et la pluie. Et mon cœur entre la vie et la mort. J'avais froid, jusque dans mes os qui saillaient sous ma peau tendue. Je souffrais dans chaque cellule de mon corps. La faim me rongeait le ventre, comme un ver qui dévore un fruit de l'intérieur. Les plaies sur mes paturons gangrenés par la gale rendaient chacun de mes mouvements insupportable.

Mes muscles étaient pris de tremblements que je ne contrôlais pas. J'avais sans doute de la fièvre. Je sentais la mort rôder autour de moi depuis quelques jours, et j'espérais qu'elle se déciderait enfin à m'emmener aujourd'hui.

Derrière moi, du côté du petit chemin, des voix m'ont appelé. Je percevais l'odeur de deux juments, d'un homme et d'une femme. La femme faisait claquer sa langue. Mais je n'avais pas la force de tourner la tête vers eux. Elle a appelé pendant quelques minutes, puis ils sont partis. Le ciel s'est décidé pour la neige et j'ai pensé que si le sol gelait, j'aurais au moins les pieds au sec.

Après un moment, j'ai reconnu l'odeur de la femme, de l'homme et des juments. À laquelle s'est ajoutée celle de l'avoine. Ils ont jeté deux seaux de grains par-dessus la barrière. Me déplacer jusque-là a été douloureux, mais ça en valait la peine. J'ai boité vers eux, pensant m'effondrer à chaque pas. J'avais oublié le goût de la vraie nourriture. J'ai mangé aussi vite que mes mâchoires me le permettaient. La femme est descendue de sa jument et a enjambé la barrière avec une grosse couverture qu'elle a posée sur mon dos. En passant ses doigts sur mes côtes, elle a poussé quelques jurons.

Puis elle est allée vers la maison d'Avril. Moi je continuais de manger. Les grains à peine mâchés qui me tombaient dans l'estomac me faisaient mal mais ça n'avait pas d'importance.

Du coin de l'œil j'ai vu la femme frapper à la porte d'entrée. Elle a attendu quelques secondes, puis s'est dirigée vers une fenêtre. Elle a observé l'intérieur du cottage en plaçant les mains contre ses tempes, comme des œillères.

Depuis le chemin, l'homme guettait. La jument de la femme a avancé sa tête vers moi en émettant un petit grondement très doux, de la vapeur blanche s'échappant de ses naseaux.

La femme est allée jusqu'à l'écurie puis en est ressortie quelques secondes plus tard avec un licol et une corde. Elle est revenue vers nous.

L'homme a froncé les sourcils :

« Qu'est-ce que tu fais ?

– À ton avis ?

– Mais tu peux pas l'emmener !

– Je vais me gêner ! Y a personne de toute façon. »

L'homme a soupiré.

« Je suppose que je dois aller chercher le camion ? »

La femme a souri.

« Tu supposes bien.

– Si on me demande, je dirai que j'ai agi sous la menace. »

Et l'homme est reparti au trot, suivi de la jument de la femme.

Elle m'a passé le licol, sur lequel mon nom était gravé.

« Red Apple ? Ça te va bien. Moi c'est Saveria. »

Saveria n'habitait pas dans cette région. Elle était en vacances chez des amis qui m'ont gardé quelques semaines, le temps que je reprenne des forces pour supporter le voyage. Ensuite j'ai pu la rejoindre. Il a fallu prendre un bateau, puis rouler plusieurs heures en camion avant de découvrir enfin ma nouvelle maison. Je suis arrivé de nuit. La crête des montagnes noires se découpait sur un ciel sans lune. Des parfums nouveaux me parvenaient. Des végétaux que je ne connaissais pas encore, plus secs, plus résineux que ceux de la lande. Du lichen.

Et puis le granite ruisselant, les torrents sauvages… Je dressais les oreilles, à la fois inquiet et excité. J'aurais voulu qu'Avril soit là.

L'écurie était nichée au fond de la vallée. Quand je suis descendu du camion, Saveria m'attendait.

J'ai fait connaissance avec les autres chevaux et je me suis intégré au groupe. Au fil des semaines, les plaies de mes pieds ont cicatrisé et j'ai retrouvé un poids normal. Saveria a commencé à me faire travailler, d'abord à la longe, pour me remuscler. Puis un jour elle est montée sur mon dos, à cru parce qu'elle avait compris que la selle me faisait peur. Peu à peu je me suis habitué. À elle, à son poids, puis au bridon et à la selle.

Les autres cavaliers se moquaient d'elle parce que j'étais petit. Ils lui disaient : « Pourquoi tu perds ton temps avec ce nabot ? » Mais elle les ignorait. Et moi aussi. J'aimais sauter, j'aimais qu'on me regarde. Et plus que tout, j'aimais faire plaisir à Saveria.

Les concours ont commencé. Au début, les autres chevaux m'ont regardé de haut. Ils ricanaient sur mon passage en m'appelant « le Poney ».

Quand je suis entré en piste, tout le monde a arrêté de se moquer. J'ai gagné la première épreuve. Puis toutes celles qui ont suivi. Aucun parcours ne me faisait peur. J'étais concentré, précis. Je faisais confiance à Saveria. Quand elle basculait son bassin vers l'avant pour que j'allonge la foulée entre deux obstacles, je savais qu'elle m'emmenait à l'endroit idéal pour prendre ma battue. Ses muscles et les miens travaillaient à l'unisson, comme s'ils appartenaient au même organisme, qu'ils obéissaient au même cerveau. C'était au-delà de la technique ou du travail. C'était de la magie. Et de l'amour.

Après les premiers concours nationaux sont venus les Grands Prix internationaux. Nous faisions des sans-faute, toujours. Et nous étions les plus rapides. Parce que j'étais petit et agile.

Nous avons voyagé, je me suis habitué à prendre l'avion. Chaque pays avait une odeur différente, le sable et les épices, les gaz des moteurs et la viande cuite, l'orange et l'océan.

La presse s'est enflammée, nous avons été filmés, photographiés. Saveria signait des autographes. Des peluches étaient vendues à mon effigie, des petits chevaux rouges avec des yeux en plastique brillants et multicolores. Les gens pariaient des sommes extravagantes sur notre succès ou nos hypothétiques erreurs. Des débats de spécialistes étaient organisés. Mes sauts étaient retransmis sur des écrans, au ralenti. La puissance de ma battue, ce sabot que je relevais au dernier moment pour éviter de toucher la barre, mon regard et celui de Saveria, qui se dirigeaient exactement en même temps vers l'obstacle suivant. Tout était analysé, discuté, converti en données chiffrées. Le phénomène avait pris une telle ampleur que le spectre des spectateurs de jumping s'était élargi de façon sensationnelle.

À l'écurie, Saveria ne permettait à aucun groom de s'occuper de moi. Elle me brossait, me curait les pieds, me nourrissait, me préparait pour les concours. Nous étions heureux.

Et puis un jour, alors que nous étions en déplacement, j'ai reconnu le parfum de la lande. L'aubépine, le sorbier, la sphaigne, le genêt. Cette terre pauvre, lourde, lessivée par la pluie. Nous avons roulé longtemps vers le nord. Le soir nous sommes arrivés à l'endroit où le Grand Prix devait avoir lieu. Les stalles étaient larges et confortables, comme toujours. C'était des installations temporaires, d'immenses tentes blanches, sous lesquelles des dizaines de boxes étaient séparés par des grilles de métal.

Saveria m'a installé, s'est assurée que j'avais tout ce dont j'avais besoin. Les autres chevaux murmuraient mon nom mais je n'y prêtais pas attention. J'avais pris l'habitude de ne pas parler avec mes concurrents. Il y en avait sans doute certains avec qui j'aurais pu me lier d'amitié, mais à quoi bon ? J'avais mes copains chez moi, à la montagne, et j'avais Saveria. Quand le silence s'est installé, je me suis endormi.

Le lendemain, il y avait une épreuve importante. Saveria était tendue. Je savais que tout irait bien. J'étais en forme. C'était une piste en sable et en plein air. Mes conditions préférées. Nous nous sommes échauffés au paddock, puis notre tour est arrivé. Nous sommes entrés en piste. Le public se pressait dans les tribunes. Des enfants criaient mon nom, agitaient des drapeaux sur lesquels ma photo avait été imprimée. Le soleil était haut dans le ciel, pas trop chaud. Des odeurs de nourriture humaine me parvenaient.

Le parcours avait été tracé pour de grands chevaux. Allonger mes foulées était trop risqué, alors Saveria a pris le parti de me tenir sur un galop plus court, d'ajouter un pas entre chaque obstacle, ce qui nous a fait perdre du temps mais nous a évité la faute. Nous nous sommes qualifiés et avons quitté la piste sous les applaudissements. Saveria est descendue de mon dos en caressant mon encolure trempée de sueur. Soudain j'ai été saisi d'une inquiétude, sans parvenir à en identifier l'origine. Était-ce un son, une odeur ? J'ai tourné la tête dans tous les sens, mais j'étais assailli d'informations. Quelques spectateurs sont venus vers nous, Saveria a signé des autographes. Ça ne venait pas d'eux. Les fans, dans leur immense majorité, se comportaient calmement et ne me touchaient pas. Ils se contentaient de me regarder en souriant. Saveria m'a ramené vers le paddock pour marcher un peu. Tout semblait normal et pourtant je sentais une angoisse acide se répandre dans mes veines, tendre mes muscles. Le son de la voix du juge de piste dans les haut-parleurs, le brouhaha de la foule, les pas des autres chevaux qui frappaient le sable du paddock. Parfois le choc d'un sabot contre une barre. Rien d'anormal.

Saveria m'a ramené à l'écurie, m'a dessellé, douché, brossé. Et mon angoisse a disparu. J'ai passé le reste de l'après-midi à observer les allées et venues des grooms, des chevaux et des cavaliers, et j'ai un peu somnolé.

Le soir, Saveria est revenue me chercher pour une promenade. Elle savait que je n'aimais pas rester dans mon box trop longtemps, alors après son dîner elle m'emmenait toujours faire quelques pas à la longe. Nous sommes sortis de l'écurie et elle a avisé un petit bois, à quelques centaines de mètres. Elle me parlait. Sa voix avait des intonations à la fois tendres et brusques. Les articles de presse, les médisances, les ragots. Je ne comprenais pas pourquoi elle accordait autant d'importance à toutes ces choses. Peut-être que sans ça elle s'ennuyait…

Nous avons suivi le chemin de terre, bordé de talus, qui s'enfonçait dans le bois. La lune jetait une lumière pâle devant nous. L'angoisse que j'avais ressentie l'après-midi m'est revenue, aussi nette qu'une gifle. J'ai levé la tête. Dans le silence et la quiétude de la nuit, il n'y avait plus d'interférence. J'ai compris d'où venait ma peur. C'était une odeur. Un mélange synthétique de sauge et d'écorce de pin. Et d'alcool. Je me suis immobilisé, raide, les oreilles tendues. Il était juste derrière nous. Saveria m'a regardé sans comprendre.

« Qu'est-ce que tu as, mon grand ? »

Dans l'obscurité, une voix a claqué, sifflante, nasale, comme celle d'un spectre.

« Il est à moi ! »

Saveria s'est retournée. Une silhouette est apparue entre les arbres et s'est approchée de nous, chancelante, celle d'un homme ivre. La main de Saveria s'est crispée autour de la longe. Le père d'Avril s'est avancé dans un rayon de lune. Il avait changé, ses traits s'étaient épaissis, quelque chose de maléfique émanait de lui. Il a pointé son index sur moi.

« C'est mon cheval. Il est à moi. »

Saveria a posé sa paume sur ma joue, comme par réflexe.

« Monsieur, je crois que vous avez trop bu. Vous feriez mieux de rentrer chez vous. »

Elle avait parlé d'une voix ferme et assurée, mais je sentais sa main trembler autour de la longe.

« C'est mon cheval, j'ai des papiers qui le prouvent. Vous allez me le rendre. »

Le tremblement de Saveria a changé. Sa peur s'est transformée en fureur.

« Vous ? C'est vous ! Comment osez-vous ? »

D'un bond elle s'est avancée vers lui, a levé le bras vers la lune et l'a giflé. L'homme, surpris, a posé une main sur sa joue. Puis il m'a regardé. J'ai vu ses yeux s'embraser, avec ce même mélange de douleur et de haine que quand il était venu me jeter quelques galettes de foin dans ma prairie, des années plus tôt. Il s'est tourné vers Saveria, l'a attrapée par les cheveux et l'a projetée au sol. Déstabilisé par son mouvement et par l'alcool, il a chancelé un instant puis a retrouvé l'équilibre. Je sentais la peur de Saveria. Il s'est approché de moi. J'étais calme. Ça n'était pas comme ce qui s'était passé avec Avril. Ma vue ne s'est pas brouillée. Je savais parfaitement ce que je faisais. Personne ne me séparerait de Saveria. Je me suis dressé sur mes jambes arrière, bien écartées. Aussi petit que je puisse être, je le dominais maintenant de plusieurs têtes, mes sabots à hauteur de son visage. Il a eu l'air épouvanté. C'était ce que je voulais. Qu'il ait peur et qu'il s'en aille. Qu'il nous laisse pour toujours. Le visage blême, les yeux affolés dans leurs orbites noires, il a sorti un objet de sa poche, un objet qui brillait. Il y a eu un bruit puissant, qui a résonné dans le bois et jusqu'aux écuries. Les oiseaux se sont envolés des arbres alentour. Quelque chose a frappé mon poitrail. Saveria a crié. J'ai lancé un sabot en avant. Il a heurté la tête de l'homme, sous sa mâchoire, et l'a projetée en arrière. Je me suis jeté sur son corps pour le piétiner. Mon poitrail me faisait mal et je sentais le sang chaud couler le long de ma jambe, mais c'était le sang de l'homme qui m'intéressait. Il fallait l'ouvrir, en faire sortir ces matières molles, ces fluides qui lui permettaient de vivre et d'être dangereux pour moi. Et pour Saveria.

Elle me regardait. Je ne sais pas si c'était de la sidération ou si elle a délibérément choisi de me laisser continuer. Quand je me suis arrêté après plusieurs minutes, il ne restait de l'homme qu'une bouillie informe de vêtements, de chairs et d'os. L'odeur de la sauge avait disparu, noyée par celle du sang.

J'ai été soigné. On m'a opéré pour extraire la balle. Il m'a fallu du temps et de la rééducation. Avec Saveria nous avons repris la compétition. Nous avons retrouvé notre niveau. Mais quelque chose a changé. Elle a acheté d'autres chevaux et s'est mise à les entraîner. Et elle a engagé un groom pour s'occuper de moi. Il est gentil mais ce n'est pas pareil.

Parfois, la nuit, je suis réveillé par l'odeur du sang. Et la sensation des chairs visqueuses autour de mes sabots. Et puis d'autres souvenirs plus lointains. Les campanules sur les murs de pierre qui sillonnaient la lande brumeuse. Le carillon de l'église, quand le vent soufflait à l'est. L'herbe grasse légèrement salée du printemps. Et la promesse dans les yeux d'Avril.

Julie

Je n'avais jamais joui avec mon mari.
Je l'aime. Vraiment.
Mais je crois que quelque chose a déraillé à un moment.

Je ne sais plus.

Il y avait la maison de mes beaux-parents. Une maison rose. Ça, je m'en souviens. Elle était rose et elle sentait le désinfectant. Roger et Marie aussi. C'est comme ça qu'ils s'appelaient, mes beaux-parents. Roger et Marie. Ils étaient gentils. Enfin, je crois qu'ils étaient gentils. Je ne sais plus. Ils avaient un chat sans poils très moche. Géranium. Il était moche et son nom était moche. Mais ça je ne pouvais pas le dire à Olivier. Olivier, c'était le fils de Roger et Marie. C'était mon mari. La peau de Géranium était grise et fripée.

Roger pétait. Dans son pantalon en toile beige qu'il portait haut, la ceinture juste sous les côtes. Marie et Olivier faisaient mine de ne pas le remarquer mais il pétait, avec le naturel et la décontraction d'un enfant de deux ans. Merde. Ces choses-là peuvent arriver mais on s'excuse. On rougit un peu, on se tortille, on invoque des problèmes intestinaux, je sais pas. Et la complicité des deux autres. Ce silence. J'avais fini par penser que c'était une conspiration contre moi. Une forme de coalition compacte entre père, mère et fils.

J'ai lutté. Vraiment.

Olivier ne m'a pas présenté ses parents. C'est Roger et Marie qui m'ont présenté Olivier. D'habitude, c'est plutôt dans l'autre sens que ça se passe. J'ai d'abord rencontré Marie. À l'institut de beauté. Je lui faisais le maillot. Intégral. Ce n'est pas très courant chez les dames de septante ans. Mais elle me racontait que son Roger était encore « très actif sexuellement » et qu'il avait ses « exigences ».

« Allez bien jusque derrière, Roger adore l'anulingus. »

Ça ne me dérangeait pas, j'avais l'habitude que les clients me fassent des confidences.

Je crois qu'elle s'était prise d'affection pour moi. Au moment de payer, elle disait toujours à ma patronne : « Vous avez de la chance de l'avoir, c'est une gentille fille, bien propre. » Je me sentais comme un épagneul breton qu'on caresse entre les oreilles.

Elle m'a parlé de son fils, Olivier. Un gynécologue, comme elle et comme Roger. Elle m'a proposé de venir déjeuner chez eux un dimanche. Moi je me sentais seule. J'avais trente-six ans et j'étais toujours célibataire. Au début, ça ne m'avait pas dérangée. À l'institut de beauté, mes collègues me disaient : « Alors ? Toujours personne ? » – « C'est pas normal, tu es jolie, tu devrais trouver quelqu'un ! » Alors, je sais pas, avec le temps j'ai commencé à considérer le célibat comme une forme de handicap. Quand Marie m'a parlé de son fils, je me suis dit que c'était peut-être ma chance et que je ne devais pas la rater.

Je suis arrivée avec un peu d'avance ce dimanche-là. J'avais mis ma robe longue en coton beige, boutonnée devant. La maison était plutôt jolie de l'extérieur, dans une belle avenue bordée de cerisiers du Japon. Le jardin sentait le jasmin. C'était pas loin de chez moi, pas loin de l'institut de beauté. C'était pratique.

J'ai sonné. C'est Roger qui a ouvert. Avant de me saluer, il a crié à Marie à l'intérieur : « Oh ! t'avais raison Marie, elle est magnifique ! »

Il m'a fait un clin d'œil et m'a invitée à le suivre. Le hall d'entrée était lumineux. Une immense vitrine courait sur toute la longueur du mur.

« C'est ma collection de spéculums. C'est beau, hein ? Regardez, celui-là il date de l'époque gréco-romaine, il est en cuivre et en étain. Ce sont des matériaux fragiles, parfois ils cassaient pendant l'examen, paf, dans le vagin, ah ah ! Vous avez un bon gynécologue ? »

Je ne savais pas si je devais répondre à cette question.

Il m'a emmenée dans le salon. Marie déposait un plateau sur la table basse avec des petits verres à porto.

« Alors, vous avez trouvé facilement ? Ça fait bizarre de vous voir ici. »

Puis, s'adressant à son mari :

« D'habitude, quand je la vois elle a les mains dans ma vulve ! Ah ah !

– À propos de mains dans la vulve, montre-lui ta collection de forceps.

– Ah oui ! Venez ! »

Elle m'a emmenée dans la salle à manger. Là aussi, il y avait une immense vitrine. Sur des étagères en verre s'étalaient une cinquantaine de pinces de tailles et de formes différentes.

« Les forceps sont utilisés depuis l'Antiquité. Mais on ne maîtrise vraiment la technique que depuis une centaine d'années. Avant ça, on provoquait souvent des plaies vaginales, voire des déchirures du col. Ou alors c'était le fœtus qui morflait, infirmités cérébrales, éborgnement, ce genre de choses... Je vous sers un porto ? Olivier ne devrait plus tarder. »

Roger m'a tendu un flacon de gel antibactérien.

« Je peux vous demander de vous désinfecter les mains ? C'est pour les germes. »

Peut-être que les choses ont déjà commencé à dérailler à ce moment-là. Mais sur le coup, je ne m'en suis pas rendu compte.

Une mouche se promenait sur l'accoudoir du fauteuil fleuri dans lequel on m'avait invitée à m'asseoir. Roger et Marie s'étaient installés en face de moi, dans le canapé assorti au fauteuil. La mouche frottait ses deux pattes avant l'une contre l'autre, comme un chirurgien qui se prépare à ouvrir un ventre. J'observais la mouche, Roger et Marie m'observaient. Roger a pété. Je crois que j'ai rougi mais j'ai continué à regarder la mouche.

Nous avons attendu Olivier en silence. Pendant combien de temps ? Je ne sais pas. Mais la mouche a eu le temps de trouver un mari et de s'accoupler sur l'accoudoir.

À un moment, Marie a demandé : « Julie, en attendant, est-ce que vous voulez voir votre utérus ? »

Elle m'a posé cette question comme si elle me proposait un jus d'orange.

Roger a renchéri :

« Mais oui, quelle bonne idée !

– Le cabinet d'Olivier est ici juste à côté, tout équipé. Je peux vous faire une échographie, juste pour vérifier que tout va bien.

– Profites-en pour lui faire un frottis.

– Oh oui ! Allez, venez, ça ne prendra que quelques minutes. »

J'ai dit :

« C'est très gentil, mais je ne veux pas abuser...

– Oh mais non, ça me fait plaisir ! J'ai pris ma retraite il y a six ans et pour tout vous dire, ça me manque un peu. »

Roger ne disait rien mais il avait le regard d'un enfant devant un stand de barbe à papa.

« Et puis vous connaissez ma vulve par cœur, à moi de connaître la vôtre ! Ah ah ! »

Le rire de Roger a fait écho à celui de Marie. Ils avaient l'air de si bien s'entendre tous les deux.

« Bon, d'accord. »

Je les ai suivis dans le couloir, le long de la vitrine aux spéculums.

Marie m'a montré la table d'examen.

« Déshabillez-vous et allongez-vous. »

Je m'attendais à ce que Roger sorte, mais il est resté.

Ils semblaient si heureux.

Je me suis déshabillée et j'ai pris place sur la table, comme je le faisais chaque année depuis vingt ans chez mon propre gynécologue.

Mon corps m'a dit quelque chose. Quelque chose comme : « Ça ne va pas, sors d'ici. »

Mais je ne l'ai pas écouté. Parce que je ne voulais pas contrarier Marie et Roger, parce qu'ils semblaient me considérer comme une gentille fille et que j'aime ça, qu'on me considère comme une gentille fille. Parce qu'ils paraissaient si heureux. Parce que je ne voulais pas qu'il y ait de tension entre nous. Et parce que dans le salon j'avais dit : « Bon, d'accord. »

Ma peau me disait qu'elle n'aimait pas être nue, là, à cet instant précis. Je pouvais sentir chaque centimètre carré de mon épiderme exposé à l'air et aux regards.

J'ai écarté les jambes pour les placer dans les étriers. Mon sexe s'est ouvert. Comme s'il avait été un œil exposé à une lumière aveuglante, il me suppliait de le refermer, de le protéger. Je n'ai toujours pas écouté. J'ai pensé que Marie devait ressentir la même chose sur ma table de soins à l'institut et qu'elle n'en faisait pas toute une histoire.

Marie a enfilé un gant en latex.

Dans le silence j'ai entendu la respiration de Roger. Pour la première fois, j'ai remarqué le bruit que faisait l'air en traversant ses cloisons nasales. J'ai pensé à l'agonie d'un poulpe.

Les doigts de Marie se sont glissés dans mon sexe qui criait toujours.

« Détendez-vous, Julie.

– Elle est bien propre, en tout cas. »

Roger observait par-dessus son épaule. Ils ressemblaient aux photos de siamois que j'avais vues un jour dans le *Guinness Book*. Un corps, deux têtes.

Marie a dit, comme pour elle-même : « Pas de polypes, le col est tonique. »

Puis elle a sorti ses doigts et a attrapé l'instrument qui sert à faire les échographies. Elle a mis du gel dessus et l'a introduit dans mon vagin. Le gel était froid. Je me suis dit : « Tiens, chez mon gynéco ce gel est chaud, c'est plus agréable. »

C'est à cet instant qu'Olivier est arrivé. J'ai entendu une voix à l'entrée du cabinet qui a fait « toc toc toc » en chantonnant.

« Viens, entre ! Tu arrives juste au bon moment ! »

Il est entré. Un grand type un peu rond, un sourire d'enfant, des épaules rassurantes.

« Bonjour Mams, bonjour Paps ! »

Il a embrassé ses parents.

« Regarde-moi cette merveille d'utérus ! Il est parfait ! »

Il s'est penché vers l'écran et a regardé les formes bleutées et noires qui ondulaient.

« Ah oui, magnifique ! Pas de kyste, pas de fibrome... »

Puis il a tourné le visage vers moi :

« Bonjour !

– Olivier, je te présente Julie, Julie, voici Olivier.

– Enchantée.

– Roger, tu veux faire le frottis ?

– Je n'osais pas le demander ! »

Le petit garçon tendait les mains vers sa barbe à papa, la bave aux lèvres.

« Julie, ça ne vous dérange pas ? »

Ma peau hurlait toujours, mais je ne l'entendais plus vraiment.

« Heu… Non, non… »

Marie a sorti le truc à échographie.

« Maman, je t'ai déjà dit de mettre un préservatif autour de la sonde avant de la rentrer !

– Oh, dis ! J'ai toujours fait comme ça et il n'y a jamais eu de problème.

– C'est peut-être pour ça que toutes tes patientes avaient le HPV.

– Olivier, tu ne parles pas comme ça à ta mère. »

Je commençais à avoir froid.

Roger a fait son frottis. C'était désagréable. Comme un frottis.

Olivier m'a demandé :

« Vous prenez des compléments alimentaires ?

– Non.

– Vous devez être carencée. On va faire une prise de sang pour mesurer tout ça. »

J'ai enfin pu me rhabiller.

« Vous êtes une sacrée veinarde, hein Julie ? C'est pas tous les jours qu'on a droit à une consultation avec trois spécialistes ! Et gratuite en plus ! »

Après ça, Marie a servi le repas. Olivier a mangé. Roger a pété. À un moment, mes yeux ont rencontré ceux d'Olivier et il a rougi.

La semaine suivante, Marie est revenue à l'institut.

« C'était un bonheur de vous avoir à la maison. Je crois qu'Olivier est conquis. Il faut que vous reveniez dimanche prochain !

– Ah oui, pourquoi pas ?

– Et alors, ça reste entre nous, et je ne sais pas s'il y a un lien de cause à effet, mais Roger était déchaîné après votre départ. Il a absolument voulu me prendre sur la table d'examen. Mais ça, il ne faut pas le dire à Olivier, il enragerait, il est tellement à cheval sur l'hygiène ! Donc je compte sur vous dimanche ?

– Oui, d'accord. »

Le dimanche est arrivé, j'y suis allée. Après le déjeuner, Marie a suggéré à Olivier de me faire visiter son appartement, au-dessus du cabinet. À l'entrée il y avait un pédiluve, comme à la piscine. Olivier m'a demandé de retirer mes chaussures et de me désinfecter les pieds. L'appartement était petit mais fonctionnel, avec de grandes fenêtres qui donnaient sur le jardin. L'été finissait, les arbres jaunissaient, il y avait dans l'air cette odeur qui me donnait envie de griller des châtaignes et de préparer de la soupe aux orties. Et cet endroit me paraissait idéal pour ça. Olivier semblait de nature à aimer les châtaignes grillées et la soupe aux orties. Il se tenait là, perdu au milieu de son salon, entre sa table basse en verre et son écran plat 105 pouces OLED 8K sur lequel étaient branchées une Xbox série x et une PS5. Son regard s'est baladé sur le linoléum vert pâle. Il s'est frotté les mains avec du gel antibactérien.

Il allait falloir que je prenne les choses en main.

Je me suis approchée et j'ai posé mes mains sur ses joues. J'ai pensé qu'il avait les yeux de sa mère et je l'ai embrassé. Ses lèvres étaient un peu gercées, sa peau grasse sur la zone T. J'ai eu envie de lui faire un soin visage.

J'ai pensé aussi que j'avais enfin une bonne raison d'arrêter de voir Joël.

Joël, il tenait le garage juste à côté de l'institut. Je n'avais pas de voiture mais ma patronne m'y avait envoyée un jour pour déposer un papier d'assurance ou je sais pas quoi. Joël m'avait fait un clin d'œil en prenant le papier et ses quatre collègues m'avaient regardée d'un air sale. Un air que je n'aimais pas. Un air qui vous soupèse, qui vous déshabille, qui calcule votre rapport taille/hanches et qui évalue votre potentiel reproductif. Un air qui vous transforme en jument.

Le lendemain, Joël était passé à l'institut et il m'avait proposé d'aller boire un verre, puis il s'était invité chez moi et il m'avait fait l'amour. Enfin, « fait l'amour » n'est pas le terme exact. Je n'aime pas la vulgarité mais si je veux être tout à fait honnête en ce qui concerne Joël, je devrais plutôt dire qu'il m'avait baisée. Je crois que la nuance est dans le regard. Les yeux de Joël étaient fermés, toujours. Je savais bien qu'il pensait à autre chose ou à quelqu'un d'autre. Mais je dois dire que j'étais contente de sentir un homme en moi.

Même si c'était Joël et qu'il pensait à autre chose. Moi aussi je me suis mise à penser à autre chose. J'imaginais mon prof d'histoire au lycée. C'était mieux que rien. Mais j'avais beau fermer les yeux moi aussi, je sentais toujours l'odeur de Joël. Je suis très sensible aux odeurs. Il sentait le tabac rance, les hydrocarbures et le caleçon sale.

Il sentait si fort que j'étais obligée de lessiver mes draps après chacune de ses visites. Parfois il venait trois fois dans la semaine.

J'avais déjà voulu lui dire que je ne voulais plus qu'il vienne, que le plaisir de sentir un homme à l'intérieur de moi était trop court et trop faible pour compenser le temps passé à laver mon linge, à le sécher et à le repasser. Mais les mots ne voulaient pas se former dans ma bouche. Je crois que c'est un peu comme pour Marie et Roger. Je ne voulais pas donner l'image de quelqu'un qui dit non.

C'est peut-être à cause de ma grande sœur. Ou plutôt à cause de mon père. Quand j'étais petite, il appelait ma sœur « mademoiselle Non » parce qu'elle était un peu capricieuse. Elle ne voulait pas manger ceci ou cela, elle ne voulait pas prendre son bain, elle ne voulait pas aller à l'école... Elle ne voulait pas. Alors moi j'ai tout fait pour ne pas être une « mademoiselle Non ». Et c'est vrai que mon père disait souvent : « Qu'est-ce qu'elle est sage celle-ci ! Elle est toujours d'accord. » Je fondais de fierté. Il avait commencé à m'appeler « mademoiselle Oui ».

Parfois, il venait nous chercher chez Maman en disant : « Papa emmène mademoiselle Oui et mademoiselle Non au parc d'attractions aujourd'hui ! »

Il est mort quand j'avais vingt et un ans. Je n'ai plus jamais revu ma sœur après ses funérailles. J'ai parfois des nouvelles par ma mère. Elle n'a pas eu d'enfants, ne s'est pas mariée. Pour ça, il faut savoir dire oui.

Mais donc j'avais enfin un prétexte pour arrêter de voir Joël. Un fiancé, c'est une raison valable pour mettre fin à un plan cul.

J'ai pressé mes lèvres plus fort sur celles d'Olivier, comme pour verrouiller ma décision de parler à Joël.

Il a posé ses mains sur mes hanches. J'ai pensé que ces mains avaient dû se poser sur tant d'autres femmes avant moi. Combien par amour ? Combien en tant que gynécologue ? Combien d'enfants avait-il mis au monde ? Est-ce qu'il voudrait en avoir avec moi ? Est-ce que moi j'en avais envie ?

Toutes mes amies en avaient. Je me posais plein de questions au sujet de la grossesse. Je me demandais ce que ça faisait de sentir quelqu'un pousser à l'intérieur de soi.

Je me rendais bien compte que je ne faisais pas partie du club. Celui des vraies femmes. Devenir mère, ça devait être un peu comme faire sa totémisation aux scouts, une espèce de rite de passage pour accéder au cercle fermé des initiées. Une façon d'entrer dans la cour des grandes.

J'ai eu envie de faire l'amour avec lui, là, tout de suite. Pourquoi perdre du temps ? Mais je n'ai pas osé. J'avais peur qu'il pense que je n'étais pas une fille convenable. Alors j'ai dit : « Je crois que tes parents nous attendent pour le dessert. »

On est redescendus chez Marie et Roger et on a mangé du javanais.

Après ça, les choses sont allées très vite.

Olivier m'a demandée en mariage le dimanche

suivant. Il avait tout préparé, avec ses parents. Marie avait mis la bague de fiançailles dans mon verre de porto. Comme c'était du porto rouge, je ne m'en suis aperçue qu'à la fin de l'apéritif.

J'ai dit : « Oh mais il y a une bague dans mon verre ! »

J'ai d'abord cru que c'était Marie qui avait perdu la sienne.

Olivier a dit : « Julie, veux-tu m'épouser ? »

Marie m'a regardée comme si je venais de gagner au Loto. Elle avait vraiment les mêmes yeux que son fils. Roger a pété.

J'ai dit : « Oui, d'accord. »

Je suis allée voir Joël pour lui annoncer que j'allais me marier et qu'il fallait qu'on arrête de se voir. Il s'est passé la main dans les cheveux, ce qui lui a laissé une grosse trace de cambouis noir sur le front. Son mégot éteint entre les lèvres, il a dit : « C'est bien », puis il a disparu dans la fosse du garage, sous une Renault Espace. Je lui ai dit : « Bon ben, au revoir. »

Il m'a dit : « Ouais. » J'ai senti le regard de ses quatre collègues sur mon corps quand je suis sortie.

C'était un beau mariage. Je crois que ça a coûté cher. Marie s'est occupée de tout. Elle m'a donné sa robe, qu'il a fallu faire élargir un peu.

Je me suis installée avec Olivier, dans son petit appartement.

Marie m'avait dit : « Ce sera pratique pour les enfants, je serai là juste à côté pour t'aider. »

Ils ont juste fait quelques travaux d'agrandissement pour qu'on ait trois chambres.

« Comme ça vous êtes tranquilles pour les deux premiers, après on verra. »

J'ai aussi arrêté de travailler à l'institut. Il avait été décidé qu'il n'était plus nécessaire que je me fatigue à rester debout toute la journée pour un salaire « qui n'en valait pas la peine », comme avait dit Olivier.

Les résultats de ma prise de sang avaient montré une carence en vitamine D, en oméga 6, en zinc, en magnésium, en fer, et un taux de cholestérol un peu trop élevé. Olivier m'a prescrit des pilules pour tout remettre à niveau. Il m'a aussi donné de l'acide folique pour préparer ma future grossesse.

« Tu seras le ventre idéal. »

Chaque dimanche nous déjeunions chez Marie

et Roger, et chaque dimanche j'avais droit à ma consultation gratuite.

Ils surveillaient l'état de mon utérus, mesuraient ma courbe de température, notaient mes ovulations, identifiaient mes jours de fertilité, analysaient mon sang.

Tout ça me rendait triste. Je ne pouvais pas expliquer pourquoi mais chaque fois que je posais les pieds dans les étriers, chaque fois que la seringue perçait ma veine, que le sang jaillissait dans le tube, je sentais les sanglots monter vers ma gorge. Je serrais les dents.

Cette tristesse a grandi en moi comme la moisissure dans un vieux pot de bolognaise oublié au frigo.

Un jour une larme a coulé, malgré mes efforts pour la retenir. J'ai croisé le regard d'Olivier. Il s'est frotté les mains avec du gel antibactérien.

Je crois que c'est à cette période-là que j'ai commencé à étouffer. La présence permanente de Marie et Roger, de Géranium, l'odeur du désinfectant… C'était l'hiver et j'ouvrais grand les fenêtres de l'appartement. Il n'y avait jamais assez d'air.

Même le vent qui venait du jardin me paraissait avoir été respiré des milliers de fois par Marie et Roger. Je pouvais sentir les particules de leurs poumons dedans. C'était de l'air recyclé. J'en voulais du neuf. C'est peut-être aussi à ce moment que j'ai compris que quelque chose déraillait. Pas dans ces termes-là, bien sûr, mais j'ai compris qu'une partie de moi s'était dissoute.

Le matin je me levais en même temps qu'Olivier. Son réveil sonnait à 7 h 00, il se tournait vers moi, tapotait doucement mon front avec son index et chantonnait : « Toc, toc, toc, mademoiselle Coquelicot, il est temps de se réveiller. »

Parfois, quand il avait envie de faire l'amour, il posait la main sur mon sein gauche. Toujours le gauche et toujours le matin.

Il ne faisait pas de préliminaires, il préférait le lubrifiant. Il venait sur moi, bien concentré, il regardait mes seins en faisant aller et venir son sexe entre mes parois vaginales. Je pensais au mot « insémination » et à la proximité de Marie et Roger. J'imaginais qu'ils étaient là, à quelques mètres, et que, peut-être, eux aussi étaient en train de faire l'amour. Et ça me collait des images dans la tête que je n'aimais pas du tout, comme des chewing-gums mastiqués très très longtemps par quelqu'un qui aurait eu très très mauvaise haleine.

À 7h08 il avait fini, il allait prendre sa douche.

Moi je préparais le petit déjeuner.

Il mangeait une tartine aux céréales germées avec du guacamole et des sardines. Moi je mangeais mes pilules.

Puis il partait à l'hôpital. Je me douchais, changeais l'eau du pédiluve, j'y remettais du Dettol puis j'ouvrais les fenêtres. Comme l'air était toujours le même, je me recouchais. Je comptais les heures qui me séparaient de la nuit. Parfois je me rendormais, alors le temps passait un peu plus vite. Je repensais à mon travail à l'institut. L'odeur de la cire me manquait.

Je regardais les rideaux se gonfler avec le vent. C'étaient des tentures lourdes en velours ocre. Tout cet air qui était passé par les corps de Marie et Roger échouait dedans, comme les déchets de plastique qui se retrouvent à des endroits bien précis des océans pour former des continents. On appelait ça des vortex, je crois. Le hasard des courants marins voulait qu'ils se rassemblent tous en un point précis. Mes rideaux étaient le vortex des déchets des corps de Marie et Roger. Il y avait plein de petits morceaux d'eux dedans. Et ces morceaux c'étaient des yeux qui m'observaient. Je leur disais d'aller se réunir ailleurs, d'aller observer quelqu'un d'autre mais ils restaient là, rivés sur moi. Alors je me levais et je les arrachais avec mes ongles, mais il y en avait trop. Et puis le vent en apportait de nouveaux.

Alors je commençais à préparer le déjeuner pour Olivier. Il rentrait toujours à la maison à midi.

Finalement, il n'aimait pas la soupe aux orties. Ni les châtaignes grillées. Il aimait les légumes vapeur et les graines de chia. Avec des huiles crues.

Il me racontait sa matinée à l'hôpital, les bébés qui étaient nés entre ses mains. Parfois ça se passait mal, mais c'était rare.

Ensuite il descendait. L'après-midi, il consultait dans son cabinet.

En général, c'est à ce moment-là que Marie montait me voir. J'avais envie de lui demander si elle ne m'avait pas déjà assez vue avec les yeux dans les tentures mais je ne disais rien. Je me contentais de sourire. On prenait le thé, puis je lui faisais un soin. Une manucure, une pédicure, un gommage éclat, un modelage détente, une épilation... Il y avait toujours quelque chose à faire. Et elle avait toujours quelque chose à raconter. Son Roger, ses souvenirs de gynéco, sa collection de forceps, ses projets pour nos futurs enfants...

Ensuite elle redescendait et j'allais arracher quelques yeux dans les tentures. Puis je me recouchais et j'essayais de dormir encore un peu jusqu'à ce qu'Olivier remonte.

À la fin de la journée, il avait besoin de se « vider la tête » comme il disait, alors il jouait à la guerre sur sa console. Moi je regardais. C'était presque comme un film. Il se couchait à 22 heures. Il me disait : « Bonne nuit, mademoiselle Coquelicot. » Je me mettais au lit avec lui mais comme je n'étais fatiguée de rien, je mettais du temps à trouver le sommeil.

L'hiver est passé comme ça.

Au printemps je n'étais toujours pas enceinte. Mes analyses de sang étaient parfaites, la maison aussi aseptisée qu'un bloc opératoire, Olivier ne comprenait pas. Ma peau sentait le gel antibactérien.

Je me suis mise à repenser à Joël.

Six mois étaient passés.

Ses ongles noirs me manquaient. Son haleine me manquait. Sa crasse me manquait.

Je réalisais que depuis que j'étais mariée à Olivier, je ne faisais plus l'amour qu'entre 7 h 00 et 7 h 08 le matin. J'imaginais ma vie sexuelle, coincée pour toujours dans cette tranche horaire.

Et l'odeur du Dettol sur ma peau.

Puis le jour est arrivé. Je vais essayer de me rappeler dans quel ordre les événements se sont enchaînés. Je vais faire de mon mieux. Mais je ne suis plus sûre.

C'était un mardi. Là-dessus, il n'y a pas de doute.

Le réveil d'Olivier a sonné. Quand il s'est tourné vers moi pour me réveiller, mes yeux étaient déjà ouverts. Je regardais les tentures dans lesquelles le vent s'engouffrait.

Il a posé sa main sur mon sein gauche. Je n'avais pas envie.

J'ai dit : « J'ai pas envie. »

Il a dit : « Mais c'est le moment, tu es en pleine ovulation. »

Alors on a fait l'amour.

J'ai fait le trépied pendant qu'il prenait son petit déjeuner, puis il est parti.

J'ai pris ma douche, changé l'eau du pédiluve, insulté les yeux dans les tentures.

Vers 10 heures je suis descendue. Roger nettoyait sa vitrine à spéculums dans le hall d'entrée. Marie passait le perron à l'eau de Javel. Elle m'a dit :

« Tu sors, Julie ?

– Oui, j'ai besoin de prendre l'air.

– Ah bon ? »

J'ai passé le portail. Sur l'avenue, les cerisiers étaient en fleur, ils formaient de grosses boules d'ouate rose le long du trottoir.

Je portais ma robe longue beige boutonnée à l'avant.

Je ne crois pas avoir réfléchi, ni préparé quoi que ce soit. C'est mon corps qui a décidé.

Mes pas m'ont conduite jusqu'au garage de Joël. Je suis entrée. C'était une grande pièce en béton dans laquelle sept ou huit voitures attendaient qu'on s'occupe d'elles.

Joël était là, avec ses quatre collègues. Ils fumaient, tous, ils avaient les mains noires, tous.

J'ai déboutonné ma robe et l'ai laissée tomber sur le sol gras. Je n'ai pas prononcé un mot.

Ils n'ont pas compris tout de suite. Joël a voulu ramasser ma robe et me couvrir. Je l'ai embrassé en posant ma main sur sa braguette. Là, il a compris.

Il m'a emmenée dans le bureau et a fermé la porte. Il sentait toujours aussi mauvais. J'ai respiré sa peau, ses cheveux, son sexe. Ses mains noires ont malaxé mes seins blancs. Il m'a attrapée debout contre la table, ça n'a pas duré longtemps. Mais cette fois il a gardé les yeux ouverts. Quand il a eu terminé, j'ai crié : « Suivant ! » Il a ri. Un autre est entré. Le bureau était sale, des gobelets en plastique s'entassaient, à l'intérieur desquels des mégots flottaient dans un vieux fond de bière. Une colonie d'asticots blancs grouillait sur les restes d'un pâté crème dans sa barquette ouverte.

Ils sont passés, chacun à son tour, bien disciplinés.

Ils ont tous joui en moi, sur moi, certains deux fois. Je n'ai pas compté.

Leurs doigts poisseux aux ongles longs m'ont fouillée loin, fort. Leurs langues jaunies par le tabac ont humecté chaque centimètre carré de mon cou, de mes seins, de mes fesses.

Je suis rentrée à la maison inondée de leurs germes.

Marie astiquait la rampe d'escalier au Sanytol.

Roger donnait un bain à Géranium.

Je suis montée rapidement, sans me faire voir.

J'ai nettoyé toutes les traces visibles mais pas mon sexe.

Quand Olivier est rentré, nous avons mangé, il a joué à la guerre sur sa console, puis nous nous sommes couchés.

En m'endormant j'ai pensé à tous les miasmes, bactéries, parasites, virus, mycoses qui mijotaient peut-être en moi.

Le lendemain matin, quand son réveil a sonné, Olivier a dit : « Toc, toc, toc, mademoiselle Coquelicot ! », puis il a posé la main sur mon sein gauche.

Il a mis le lubrifiant, j'ai pensé chlamydias, il est entré en moi, j'ai pensé syphilis, son sexe a glissé dans le sperme des autres, j'ai pensé gonorrhée, il a fait quelques allers-retours, j'ai pensé hépatite, la chaleur est montée, j'ai pensé blennorragie, mon sexe s'est tendu, j'ai pensé verrue génitale, la tension a explosé, j'ai pensé HIV, mon corps a convulsé, j'ai hurlé, j'ai joui.

Il était 7 h 04.

Julianne

Devant le restaurant fermé aux fenêtres hexagonales, Julianne s'approche d'Alika.
Elle dit :

« Je peux m'asseoir ici ? en désignant le banc en plastique.

– *Sorry, no speak french.* »

Julianne ne semble pas se soucier de la réponse, et elle se met à parler. Alika ne comprend pas un mot de ce qu'elle dit mais Julianne s'en fiche. L'important c'est de raconter. De ne pas rentrer chez elle, où l'attend le silence. Trouver une présence inoffensive, et tisser un lien avec elle. La garder captive le plus longtemps possible. Raconter, revivre encore. Cette nuit durant laquelle tous ses voisins sont morts. C'était il y a deux ans. Mais c'est là encore, à chaque seconde.

Recroquevillée dans sa garde-robe, Julianne n'a pas bougé depuis trois heures. Ses genoux lui font mal. Elle a l'impression que les os de son bassin vont transpercer la chair de ses fesses. Elle devait faire pipi mais elle a capitulé et a accepté de se pisser dessus. Maintenant elle a froid. Elle pense au thermostat qui est réglé sur 10 degrés pendant la nuit. Réflexe écolo de merde. Enfin, écolo c'est un prétexte si elle veut être tout à fait honnête.

Au fond de son placard, frigorifiée dans une flaque de pisse glacée, Julianne réalise qu'elle est radine. Une vieille fille de trente-huit ans pingre et amère.

C'est sans doute ce qui lui a sauvé la vie.

Sa maison est tellement froide et vide qu'ils ont dû penser qu'elle n'était pas habitée.

Ils ont démoli la porte d'entrée. Une rafale de kalachnikov. Un bruit monstrueux qui l'a arrachée à son sommeil. Elle a entendu le bruit, mais plus que tout elle a senti les balles percuter les murs. Ça a pénétré sa chair aussi sûrement que si elle avait été sa propre maison. Pendant quelques secondes elle a communié avec la brique, a ressenti les impacts, sidérée par leur violence.

Ils sont entrés.

Bidule a aboyé. Un jappement amical. Bidule, c'est le plus mauvais chien de garde du monde. La scène s'est déroulée dans la tête de Julianne comme si elle l'avait vue de ses propres yeux. Le petit corps de cocker un peu obèse secoué par le balancement de sa queue. Dans ses yeux, les intrus ont dû lire quelque chose comme : « Oh chouette, des visiteurs ! Vous êtes mes nouveaux amis ! »

Une nouvelle rafale. Plus de Bidule.

Ils étaient trois ou quatre. Ou peut-être deux. Ou peut-être quarante, Julianne n'en a pas la moindre idée. Ils ont fureté. L'un d'entre eux est entré dans sa chambre, la démarche énergique et assurée de quelqu'un qui connaît son boulot. Il se tenait à quelques centimètres d'elle, juste devant la garde-robe. Une garde-robe qu'elle a héritée de sa grand-mère. En chêne foncé. Le genre de meuble qu'on offrait aux jeunes mariés, avec le lit et les tables de chevet assortis. C'était avant Ikea.

Elle s'est félicitée d'avoir fait son lit avant de se cacher, elle a embrassé son poignet silencieusement. Une ruse. Ça lui est venu comme ça, elle ne sait pas pourquoi. Elle a entendu la kalachnikov, le jappement de Bidule, la kalachnikov encore, alors elle s'est levée pour se cacher puis elle a pensé qu'avec un lit chaud et défait elle signait son arrêt de mort. Elle a fait son lit au carré, en cinq secondes. L'homme qui se tenait à quelques centimètres d'elle a dû penser que l'occupante des lieux dormait ailleurs cette nuit. Peut-être chez un amoureux. Elle est bien bonne celle-là !

En tout cas, ça a marché.

Ils ont dit quelques mots dans une langue qu'elle ne connaissait pas, puis ils sont partis visiter d'autres maisons, tuer d'autres gens.

Elle se dit qu'elle ressemble à son intérieur.

Froide, vide et pas habitée.

Elle essaie de comprendre à quel moment sa réalité a basculé. Pourtant la soirée s'était déroulée normalement. Elle était rentrée du boulot, avait pris son courrier dans la boîte aux lettres, rangé une facture dans le panier « à payer » sur son bureau. Elle avait promené Bidule. Puis elle avait mangé. Une soupe en boîte « Légumes du soleil » avec une tartine au fromage frais allégé, ail et fines herbes. En regardant les infos. Terrorisme, relations diplomatiques tendues entre l'Iran et les États-Unis, scandale politique sur fond de détournement d'argent public, le rhinocéros blanc officiellement déclaré « espèce disparue », Manchester United rencontre le Barça, une militante féministe battue à mort par des policiers à Dublin. La routine. On ne parle même plus des migrants qui se noient en Méditerranée. Les médias ont fini par s'en foutre.

Puis elle avait regardé « Secrets d'Histoire ». En vrai elle aurait préféré un épisode de *Orange is the New Black*, mais elle se forçait à regarder au moins une émission culturelle par semaine. Ça lui semblait le minimum vital pour ne pas devenir complètement neuneu. Déjà qu'elle avait renoncé à lire. Trop silencieux. La télé lui donnait l'illusion d'une présence. Avec « Secrets d'Histoire », c'est un peu comme si elle avait passé la soirée en compagnie de Stéphane Bern. D'ailleurs, elle détestait le silence qui s'abattait sur elle au moment où elle éteignait la télé.

La télé était à Julianne ce que le feu de camp devait être aux hommes primitifs. Elle éloignait les ténèbres, réchauffait son corps et la protégeait des prédateurs. Lorsqu'elle l'éteignait, l'obscurité et la solitude la frappaient. Un uppercut dans le bas du ventre qui distillait sa petite dose de déprime quotidienne. Pour adoucir le choc, elle baissait d'abord progressivement le volume. Et elle parlait à Bidule.

Ce soir-là, comme d'habitude, elle lui avait donné un biscuit pour chiens. En montant l'escalier, elle avait évité la quatrième marche qui grinçait. Pas parce qu'elle avait peur du bruit, mais par superstition. Elle pensait que faire grincer la marche portait malheur. Comme si le grincement risquait de réveiller une force malveillante endormie dans les replis chauds de son quotidien.

Et elle avait mangé un biscuit pour chiens aussi. Ça, c'était son petit secret. Un truc entre elle et Bidule. Elle aimait bien le goût. Ça devait lui donner une haleine pas terrible. Surtout le lendemain matin, parce qu'elle ne se brossait plus les dents le soir. Elle dormait seule, elle s'en foutait.

Là, dans sa garde-robe, au milieu de sa flaque de pisse, elle se demande si elle a mauvaise haleine. De drôles de pensées la traversent. Dans tous les sens.

Une chanson lui trotte en tête. « Light my Fire » des Doors.

Est-ce que ses cheveux se sont entièrement renouvelés depuis la dernière fois qu'elle a fait l'amour ?

C'était il y a un an et demi. Avec Thierry. Un plan un peu sordide. Peut-être que le bout de ses cheveux s'en souvient. Elle s'était sentie comme un vieux mouchoir quand ils s'étaient quittés. Ou comme une chaussette. Celle dans laquelle les garçons se branlent.

Thierry, elle le connaissait depuis longtemps. De loin. Une relation de boulot. Elle travaille pour une boîte fiduciaire et, à la fin de chaque trimestre, elle se déplace chez les clients pour faire les clôtures TVA. Thierry était un de ceux-là. Ils passaient une journée ensemble, à revoir les encodages, elle lui expliquait les codes analytiques. Il n'était pas très porté sur la compta, sa boîte à lui, c'était une entreprise qui vendait des piscines. Il préférait visiter des jardins, dessiner des plans, superviser les chantiers plutôt que poser son cul derrière un PC pour y encoder des factures et des extraits de comptes.

Julianne était patiente. Elle devait lui réexpliquer les mêmes choses à chaque fin de trimestre, mais elle restait pro.

Parfois, ils plaisantaient. Thierry avait un peu d'humour, il la faisait glousser. Il y avait quelque chose dans son attitude, des manières de mec qui gère, sûr de lui, qui provoquait une légère agitation dans le ventre de Julianne. Elle passait la journée au bureau de Thierry un peu tendue. Une tension qu'elle aimait bien. Parfois, il passait derrière elle et elle imaginait ce qui arriverait s'il s'approchait doucement, respirait ses cheveux, posait les mains sur ses seins. Puis elle chassait cette idée et focalisait son attention sur le facturier. Elle ne se racontait pas d'histoires. Il était marié. Et trop bien pour elle. Même si ce n'était pas un beau mec, Julianne savait qu'ils ne jouaient pas dans la même cour.

Elle se contentait des petites émotions qu'elle

glanait pendant la journée, qu'elle rapportait chez elle le soir et qui nourrissaient ses fantasmes la nuit venue.

Un jour pourtant, la tension s'était faite plus intense.

Ça tenait à des détails. Pendant qu'elle lui montrait sur l'écran du PC la différence entre le taux à 6 % et le taux à 21 %, la distance entre leurs visages s'était sensiblement réduite. Plus que nécessaire. Leurs genoux s'étaient touchés et aucun des deux n'avait cherché à rompre le contact. Un peu plus tard dans la journée, en lui racontant une blague, Thierry avait posé une main sur son avant-bras. Un geste innocent en apparence mais le ventre de Julianne s'était embrasé. Il y avait beaucoup de travail ce jour-là. Ils avaient dû rester un peu plus tard. Thierry avait commandé un thaï. Et une bouteille de vin. Ils s'étaient remis au travail, leurs chaises collées l'une à l'autre, le contact du genou s'était étendu aux cuisses.

Il avait de nouveau posé une main. Sur la cuisse de Julianne cette fois. Le bout de ses doigts frôlant l'aine. Ils avaient continué à parler chiffres, feignant d'ignorer l'éléphant au milieu de la pièce. Julianne était au bord de l'orgasme. La main de Thierry était remontée doucement, les doigts s'étaient mis à masser l'intimité de Julianne à travers son pantalon. Puis il avait saisi son visage de sa main libre et l'avait embrassée. Ils avaient fait l'amour sur le bureau, au milieu des classeurs ouverts. Ça avait été rapide. Beaucoup trop rapide. Quand Thierry avait refermé sa braguette, Julianne avait senti à son regard fuyant qu'il avait déjà honte. Pas d'avoir trompé sa femme. Mais de l'avoir baisée, elle. D'avoir couché en dessous de son rang. Il avait juste les sens en ébullition ce jour-là. Il aurait aussi bien pu se contenter d'une branlette dans les W.-C., mais il se trouvait que Julianne était présente, alors pourquoi pas.

Elle n'aimait pas cette sensation, mais elle commençait à s'habituer. Ce n'était pas la première fois que ça lui arrivait. Elle savait comment réagir pour que la situation ne devienne pas trop embarrassante pour lui. Elle était partie rapidement et quand ils s'étaient revus, au trimestre suivant, elle n'avait fait aucune allusion à ce qui s'était passé.

Leur collaboration avait repris comme avant, la petite tension en moins.

Au fond de sa garde-robe, Julianne ne se réjouit pas plus que ça de se remémorer cette étreinte minable. Mais ça a au moins le mérite de la distraire. Et à ce moment précis, se distraire est vital.

Pour ne plus penser au cri.

Celui de sa voisine, Judith.

Elle l'entend encore. Elle ne veut plus. Et pourtant, elle sait qu'il ne se passera plus un jour sans que ce cri vienne lui laminer le cerveau. Un cri d'animal. Un cri de mère. Un truc qui arrivait tout droit du paléolithique, des cavernes, qui avait traversé toute l'histoire de la civilisation humaine en la déchirant comme un poignard lacère une toile de maître.

Un cri qui n'appartenait pas au monde des vivants. Ni à celui des morts. Qui échappait à toutes les lois. Un coup de foreuse dans les oreilles.

Une nouvelle rafale. Encore un cri. Celui-là, il était encore pire que le précédent. Il a anéanti tout ce qu'il pouvait y avoir de joli à l'intérieur de Julianne.

Sa façon de voir le monde comme un jardin, avec des ronces, des orties, des jours de pluie et quelques lapins morts, c'est vrai, mais aussi avec de la lumière, une brise chaude au parfum de cannelle, des pivoines qui sentent le printemps, un petit ruisseau qui fait son bruit apaisant de petit ruisseau, un gazon doux sous les pieds nus, des fruits sucrés qu'on trouve un peu partout si on prend la peine de les chercher.

Elle a toujours réussi à se tenir suffisamment loin des charognes de lapins pour ne pas trop sentir leur odeur.

Le cri a pulvérisé le jardin. La lumière a disparu, les arbres sont morts, même le ruisseau s'est tari. Le jardin s'est transformé en charnier.

Après le cri, il y a eu encore une rafale de kalachnikov, puis plus rien. Un silence.

Puis encore des cris et des détonations, mais de plus en plus lointains.

Et puis le silence, le vrai.

Un silence que Julianne n'avait jamais entendu.

Elle habite un tout petit hameau.

Loin de la ville et de son tumulte incessant, il y

a malgré tout une rumeur constante qui rassure, même la nuit. Une voiture, un bébé insomniaque, un éclat de rire, un couple qui s'aime.

Une rumeur qui vient au plus profond de son sommeil lui chuchoter que ses semblables sont là, à quelques mètres, qu'elle fait partie d'une grande tribu, que les sentinelles veillent, qu'elle peut se reposer sans crainte.

Un tout petit hameau. Une douzaine de maisons, la campagne, des prairies, des murets en pierre sur lesquels les gamins jouent les équilibristes. Quelques familles, quelques retraités et elle. Et Bidule.

Le silence hurle. Les sentinelles sont mortes et les prédateurs sont là, invisibles.

Quelque part, dehors. Peut-être même chez elle. Julianne n'ose pas bouger parce qu'elle pense qu'il y en a peut-être encore un. Un plus vicieux que les autres, qui est resté. Et qui attend, immobile, quelque part dans sa maison, qu'elle sorte de sa cachette.

Il n'a pas froid et il n'a pas mal, lui.

Il est entraîné. Et il a un odorat surdéveloppé. Il

a senti quand elle a fait pipi. Il a pris une grande inspiration pour capter chaque particule. Urée, créatinine, acide urique, acide hippurique. Et il a souri dans le noir.

Sans se l'expliquer, Julianne est obsédée par une question.

À quel enfant correspondait quel cri ?

Manon en premier ? Ou Louis ?

Manon, six ans, Louis, trois ans et demi.

Ça n'a pas d'importance, elle le sait, mais cette question roule dans sa tête comme une bille chauffée à blanc.

Judith vit dans la maison mitoyenne à celle de Julianne. Enfin, vivait.

À l'origine, les deux maisons ne faisaient qu'une mais la crise et le boom démographique étaient passés par là. Il avait fallu diviser les logements. Dresser des murs. Mutiler l'architecture. Séparer les corps. Ça donnait des jardins bizarres, trop longs et trop étroits. Julianne avait toujours pensé que c'était absurde : son jardin, elle n'en faisait rien, elle n'avait pas la main verte. Au mieux, il servait de W.-C. à Bidule. Elle aurait aussi bien pu le donner à Judith, qui en aurait fait meilleur usage avec ses deux petits. Mais bon, il lui appartenait, c'était inscrit sur l'acte de propriété et on n'allait quand même pas commencer à tout mélanger parce que si on ne respecte plus ce qui est écrit sur les actes de propriété, ce sont toutes les lignes de la civilisation qui deviennent floues et les règles qui se diluent et le monde est déjà bien assez bordélique comme ça sans qu'on en rajoute une couche. À peu de choses près, notre civilisation tient sur le respect des actes de propriété. Et des déclarations TVA.

Donc, Judith vivait dans la maison mitoyenne à celle de Julianne. Seule avec ses deux enfants. Manon, six ans, et Louis, trois ans et demi. Manon, six ans, et Louis, trois ans et demi. Manon, six ans, et Louis, trois ans et demi.

Parfois, Julianne les gardait.

Avant il y avait Jérôme aussi, le papa. Un gentil gars hyperactif, qui bossait beaucoup. Il avait lancé une start-up. Très sportif, beaucoup d'amis, impliqué dans plein de projets, il n'était pas souvent à la maison. Et quand il y était, Judith avait juste l'impression d'avoir un enfant en plus. Un vrai gamin qui ne tenait pas en place.

Alors elle l'avait quitté et Jérôme ne s'en était jamais vraiment remis.

Julianne avait considéré ça comme un grand gâchis. Jérôme malheureux, Manon et Louis malheureux, et Judith libre mais seule. Julianne voyait Judith comme une fille un peu capricieuse. Comme toutes les jolies filles. Elles peuvent se taper tous les mecs qu'elles veulent alors elles se permettent de faire la fine bouche, de prendre, de jeter. Elles accordent peu de valeur à l'amour d'un homme puisque de l'amour, elles n'ont qu'à se baisser pour en ramasser.

C'est vraiment dégueulasse. Tout ça pour un joli petit cul. Ce que les mecs peuvent être cons aussi...

Elle se surprend à penser que si Judith n'avait pas quitté Jérôme, il aurait été là pour les protéger, elle et ses petits, et qu'ils seraient peut-être encore en vie. Ça, quand on fait sa princesse...

Julianne se dégoûte de penser un truc pareil.

Elle se met à pleurer sans bruit. Des torrents de larmes qui lui réchauffent un peu le visage.

Puis, comme une lame de cutter entre les seins, l'idée que ses larmes pourraient avoir une odeur la saisit. Cette odeur pourrait exciter le prédateur tapi dans le noir, alors elle ordonne à ses canaux lacrymaux de cesser toute activité.

Et ils obéissent. Pour la toute première fois de sa vie.

Malgré la terreur, le froid et la douleur, elle est un peu vexée de constater qu'il aura fallu que sa vie devienne un charnier à ciel ouvert pour qu'elle soit enfin maîtresse de ses larmes.

C'est une chose qu'elle n'a jamais pu contrôler.

Une réflexion acerbe du guichetier de la poste, un regard agacé de son patron, parfois même le simple fait d'appeler quelqu'un et de tomber sur sa messagerie, ça ne ratait jamais, elle sentait les larmes monter. Alors elle luttait de toutes ses forces pour les retenir mais elles finissaient toujours par arriver jusqu'à ses yeux. Et une fois qu'elles sont dans les yeux, c'est fichu. Julianne ne le sait que trop bien. Même si elles n'ont pas encore coulé. Elle peut les garder un moment en équilibre précaire, en penchant un peu la tête en arrière, mais au premier clignement d'yeux ses paupières les expulsent, comme des essuie-glaces.

Si son interlocuteur n'avait pas encore compris ce qui se passait, là c'était mort. Une grande traînée de faiblesse sur chaque joue.

Dans l'œil de l'autre on a, au choix, incompréhension, agacement, voire exaspération, lassitude, pitié, satisfaction, malaise, triomphe, compassion, culpabilité, peu importe… L'effet sur Julianne est toujours le même. La première larme ouvre la voie à ses sœurs qui ne demandent qu'à la suivre. Ça se presse, ça se bouscule, ça sort en gros sanglots bruyants. Et puis le nez s'y met aussi, la morve déferle, elle n'a pas de mouchoir, s'essuie avec sa manche.

Elle voudrait disparaître, se soustraire au monde, descendre de ce train dans lequel elle n'a pas choisi de monter, dans lequel elle n'est qu'une voyageuse clandestine.

Elle, elle n'avait rien demandé. Rien. Bordel.

Le jour de sa conception, il avait dû y avoir une erreur dans la marche de l'univers. Quelque part dans la mécanique cosmique parfaitement huilée, un rouage avait eu un petit raté. Une éjaculation intempestive, un spermatozoïde trop résistant, une molécule contraceptive défaillante et la voilà, Julianne, l'erreur.

Parfois elle se dit que c'est sans doute à cause de cette défaillance, par effet papillon, que le monde va si mal.

Elle est d'ailleurs sans doute en train de vivre l'issue tragique de cette erreur. La fin du monde.

Ça a commencé il y a trente-huit ans, le bug de sa conception a provoqué d'autres bugs, qui en ont généré à leur tour de manière exponentielle, ça s'est emballé jusqu'à cette nuit, jusqu'à maintenant.

Ça doit être pour ça qu'elle parvient à contrôler ses larmes. Les lois immuables du monde ont déjà commencé à se faire aspirer par le néant, la Terre est au bord du trou noir, dans la seconde qui précède son anéantissement. Le retour au rien originel. Bientôt ce sera son tour. Et celui du prédateur.

Julianne se demande si elle préfère se faire flinguer ou être aspirée par le néant.

Elle se demande également si, au moment de se faire aspirer, le prédateur cessera d'être un prédateur. S'il la regardera comme une sœur, comme un membre de son clan, celui des humains, celui des mammifères, celui des vivants. Ou si la haine sera plus forte.

Elle réalise qu'elle n'a pas peur de mourir cette nuit. La planète entière est en train de glisser dans le trou noir et ça lui convient.

Manon, six ans, et Louis, trois ans et demi, ont été massacrés, qu'est-ce qui peut encore avoir un sens après ça ?

Mourir, disparaître, peu importe, ce qui la terrifie c'est que ça se passe sans amour.

Oh, elle ne demande pas grand-chose, vraiment.

Le sourire d'une caissière, le petit signe de tête d'un piéton qu'on laisse traverser, une chanson, un visage d'enfant curieux à demi caché dans les jupes de sa mère, juste un truc qui lui confirme que le jardin a vraiment existé.

Elle est prête maintenant.

Tout lui paraît préférable à la solitude, au froid, à la douleur, à la pisse, à son haleine de biscuit pour chiens.

Doucement, elle commence à se redresser. Ses

genoux hurlent de douleur et de soulagement. Ses pieds sont ankylosés mais ils existent et ce sont toujours ses pieds. Ses mains agrippent un cintre pour soulager ses jambes. Et cette entraide, cette solidarité entre les différentes parties de son corps, ça la réconforte un peu.

Julianne pousse la porte de sa garde-robe. Ça grince. Putain, un peu de WD-40, c'est quand même pas compliqué, merde !

Elle imagine le prédateur tendre l'oreille, se délecter. Il passe la langue sur ses lèvres. Il va être déçu. Elle n'aura pas peur. Elle le regardera bien en face, cherchera dans ses yeux une trace d'humanité. Elle ne regardera pas la kalachnikov, elle n'entendra pas la détonation. Et si avant de tirer il veut la torturer ou même la violer, peu importe. Elle se racontera que derrière tout ça, il doit y avoir une forme d'amour.

Elle sort de sa cachette.

Elle franchit la porte de sa chambre, arrive dans le couloir. Pas de prédateur.

Julianne commence à se demander si tout ça est réellement arrivé.

Elle descend l'escalier. L'obscurité est totale mais ses pas sont assurés. Son corps connaît la maison par cœur. Le contact du tapis sous ses pieds est agréable. C'est si doux. Pourquoi elle ne s'en rendait pas compte avant ? Elle pose son pied sur la quatrième marche, qui grince. Julianne le fait sciemment. C'est presque un acte militant. Elle avait passé un pacte tacite avec la marche. Je ne te fais pas grincer et tu te débrouilles pour maintenir une forme d'équilibre dans mon existence minable. Que la force malveillante reste endormie dans son repli de merde. La marche n'avait pas respecté sa part du marché. Tant pis pour elle. Dorénavant, elle grincera.

Julianne arrive dans le hall.

Bidule gît sur le parquet, son poil roux maculé de taches de sang noir. La porte d'entrée est défoncée, la serrure déchiquetée.

C'est arrivé.

Mais pas de trace des prédateurs. Ils sont partis.

Elle voudrait se changer. Son pyjama est trempé d'urine. La peau de ses cuisses commence à picoter. Mais l'idée de remonter dans sa chambre, de faire grincer la marche, de revoir sa garde-robe la pétrifie. Tout ce qu'elle veut, c'est entrer en contact avec d'autres humains. Elle a l'impression d'être une extraterrestre venue rencontrer une nouvelle forme de vie. Elle se dit qu'elle pourrait téléphoner. Son smartphone est sur le guéridon de l'entrée, branché à son chargeur. Elle pourrait. Mais elle veut une présence physique. Elle veut fuir sa maison, le hameau. Et puis, elle a peur. Que personne ne réponde.

Elle attrape ses clefs, son manteau, son sac à main, jette un œil sur l'horloge de l'entrée. 6 h 12.

Elle sort. La rue est déserte, paisible. Les oiseaux commencent leur petit concert matinal. Comment osent-ils ?

Il fait frais.

Elle actionne la commande de sa voiture. Les portières qui se déverrouillent déchirent le silence. Elle pose ses fesses trempées sur le siège et ferme sa portière le plus délicatement possible. Par respect pour les morts. Elle met le contact. Le son de la radio la fait sursauter. Elle embrasse son volant, reconnaissante. Les antennes radio émettent, l'humanité est toujours debout. Elle se sent déjà moins seule. Mais instantanément, l'épouvante l'étreint de nouveau. Si les prédateurs sont encore dans le coin, ils peuvent surgir à tout moment, attirés par le bruit. Cette idée fond sur elle comme un oiseau de proie, fait déferler une vague de terreur noire dans ses artères. Elle démarre, ses gestes refusent de se synchroniser, sa voiture cale. Sa gorge gonflée par l'angoisse empêche l'air d'entrer dans ses poumons. Elle imagine les prédateurs à quelques mètres de sa voiture, extatiques à l'idée de faire une victime de plus. Elle crie pour expulser la panique, ordonne à son cerveau d'obéir, d'accomplir les mouvements simples. Débrayer, tourner la clef, accélérer et embrayer. La voiture se met en mouvement brusquement, elle percute un peu celle de Judith, juste devant elle, un phare cassé, une alarme qui crie, puis la route. Les roues avalent l'asphalte, elle fuit, traverse le hameau et le quitte, enfin.

Elle roule vers la ville. Vers les siens. L'aurore de mars point à l'horizon. En temps normal, elle aime cette heure. L'heure qu'il faut mériter. L'heure privilégiée qu'on savoure quand le gros de la tribu dort encore.

Elle roule. L'esprit tendu vers ces humains qu'elle ne connaît pas encore mais qu'elle aime déjà.

À la radio, une émission matinale crache sa soupe d'actualités, vomit ses coupures publicitaires. Ça n'a aucun sens. Le sang a coulé. Des litres. Des enfants sont morts, des gens, Bidule, sa conscience erre dans une fosse commune, et un débile essaie de lui vendre de l'électroménager à la radio.

Elle croise les premières voitures. Elle voudrait les arrêter, se blottir dans les bras de leurs conducteurs.

Les lumières de la ville. De rares passants sur les trottoirs. Paisibles. Des travailleurs de la nuit, qui rentrent vers leurs foyers. Des SDF endormis sur des cartons. Des lève-tôt. Des couche-tard. Un camion-poubelle. Elle arrive devant un commissariat, s'arrête au milieu de la rue, bondit hors de sa voiture et entre. Elle tombe dans les bras d'un policier embarrassé, fond en larmes. De gros sanglots incontrôlables. Elle raconte son histoire. Le récit est incohérent, hachuré. Stéphane Bern, le bruit de la kalachnikov, le jappement de Bidule, la pisse, les cris de Judith, le jardin transformé en charnier, le silence du hameau, son haleine, est-ce qu'elle a mauvaise haleine ? Elle s'excuse. On lui tend un mouchoir. Elle hurle. Une longue plainte d'animal blessé. Ses ongles crissent sur le métal de la table. Et les sanglots, encore. Manon, six ans, et Louis, trois ans et demi. La marche qui grince, cette crevure qui n'a pas respecté le pacte. Salope ! Et les oiseaux, ces salopards d'oiseaux qui ont chanté ! Vous y croyez, ça ? Ils ont chanté, putain ! Et le prédateur tapi dans l'ombre qui sent l'odeur des larmes. Son sourire noir. Et le silence, le silence inhumain. Et personne ! Mais vous étiez où, bon sang de bordel de merde, vous étiez où ? On vous paye pour quoi, bande de branleurs ? Pardon, merci d'être là. Je peux vous embrasser ? C'est pas sexuel, c'est juste, j'en ai besoin, je vous en supplie… Je vous aime, je vous aime tous… Il faut aller les chercher. Manon, six ans, et Louis, trois ans et demi. Il faut pas les laisser tout seuls. Ils sont morts mais ils doivent avoir peur quand même… S'il vous plaît, allez les chercher. Mais vous foutez quoi, bande de dégénérés ? Il faut vous le dire comment ? Et faites taire ces putains d'oiseaux ! Flinguez-les ! Flinguez-les tous ! Bande de connards !

Les flics ont appelé les urgences psychiatriques. Puis ils sont allés voir. Morts. Tout le hameau. Toutes les portes défoncées. Les corps nus ou en pyjama, criblés de balles. Les enfants, les hommes, les femmes, les vieillards, les chiens, exécutés. Certains ne se sont même pas réveillés, d'autres ont tenté de lutter, de se protéger, de se cacher. Aucun survivant. Aucune revendication.

Monica

À peine l'utilitaire de location s'est-il immobilisé sur le parking de la station-service que Monica en sort, agile et légère. Elle se retourne et étouffe un petit rire en voyant la tête d'Olivier, de nouveau écarlate de colère, réalisant qu'elle aurait été parfaitement capable de gravir la pente du petit bois sur ses deux pieds.

Elle a envie d'alcool.

Elle entre dans la boutique. Le froid de l'air conditionné lui pique la peau, comme des milliards de javelots glacés. Elle entend le rire de Juliette et Sébastien derrière le comptoir. À son entrée ils se reprennent, recomposent leur attitude, mais le rire reste là, suspendu, tel un chiot qui n'attend qu'un geste pour reprendre ses jeux. Monica a envie de dire : « Faites comme si je n'étais pas là », mais elle se ravise. C'est une phrase idiote. On ne peut pas faire comme si quelqu'un n'était pas là.

Monica se dirige vers le frigo, en sort une cannette de 33 cl puis revient vers le comptoir. Derrière Juliette, Sébastien lui lance un « Bonsoir, madame ! » qui dément l'hypothèse qui s'était déjà formée dans l'esprit de Monica, selon laquelle ces deux-là étaient amants. Dans son « Bonsoir, madame ! » Sébastien avait mis cette inflexion de voix, subtile mais sans ambiguïté, qui disait sa préférence pour les pénis.

Monica plonge la main dans la poche de sa jupe et en sort quelques pièces : 5 euros et 30 centimes. Il y a aussi ce billet de 50 euros. Elle sait qu'elle ne l'utilisera pas.

Elle sort de la boutique.

On dit souvent d'une chaleur qu'elle est accablante. Ce n'est pas l'adjectif que Monica aurait utilisé. Parce qu'elle en a assez des formules toutes faites. Et parce qu'elle n'adhère pas à la péjoration du terme « accablant ». Elle aime cette chaleur. Elle la qualifierait plutôt de confortable, de douillette. Et même de libératrice. Plus besoin de s'habiller. Elle a toujours aimé les robes légères, courtes quand elle était enfant, plus longues à l'adolescence.

Monica quitte donc l'atmosphère fraîche et conditionnée de la boutique pour la chaleur moelleuse de la nuit. Elle longe le restaurant fermé jusqu'aux tables en plastique. Elle salue de la tête Alika et Julianne. Monica choisit la table la moins sale, s'assied, ouvre sa cannette.

Elle pense à sa vie, à ce qui l'a conditionnée. Sans aucun doute sa grossesse, il y a quatre-vingts ans de ça… Elle essaie de se rappeler. Est-ce que les souvenirs peuvent survivre autant d'années ? Ou finissent-ils par se réduire au récit qu'on s'en fait ? Monica ne sait plus trop. Elle se souvient qu'un gars de son village l'a violée, ça oui. À l'époque on n'appelait pas ça comme ça, on n'en parlait pas. Elle rentrait de la kermesse et un garçon qu'elle connaissait, avec qui elle était allée à l'école, l'avait « attrapée » derrière le mur du cimetière. Elle n'en avait pas parlé parce qu'elle savait ce que les gens auraient dit. Que les garçons sont comme ça, que ce n'est pas bien méchant et qu'elle n'avait qu'à pas traîner dehors si tard.

Si elle était dehors si tard, précisément, c'est qu'elle avait espéré voir Paul, le garçon qui lui plaisait. Mais il ne s'était pas montré, ni au défilé de la fanfare, ni pendant le bal. Elle était restée tard, guettant son arrivée, puis vers minuit, résignée, elle avait repris le chemin de la maison. C'est là qu'elle était tombée sur l'autre, André. Elle s'était débattue, il avait frappé, elle avait compris qu'il valait mieux le laisser faire. Elle avait eu terriblement mal, ça avait saigné, il y avait eu des odeurs qu'elle ne connaissait pas, celle de la bouche d'André, celle de l'alcool, et puis après celle de son sexe et des liquides qui en sortaient.

Elle était rentrée chez elle, s'était lavée, couchée, avait beaucoup pleuré, puis le lendemain était arrivé, et puis le jour d'après, elle n'avait rien dit et elle avait pensé que c'était fini.

Ce n'est que deux mois plus tard qu'elle s'était aperçue qu'elle était enceinte. Elle avait bien été obligée d'en parler à sa mère, qui l'avait rapporté à son père. Personne ne s'était fâché, on ne lui avait pas fait de reproches. Il fallait simplement trouver une solution.

Sa mère l'avait emmenée chez un médecin en ville qui, d'après ce qu'on lui avait dit, était « complaisant » et pouvait s'occuper de « certains problèmes ».

L'homme, un ancien poilu, la carrure imposante, les avait reçues avec beaucoup de gentillesse. Il l'avait auscultée, puis avait murmuré : « Très bien, très bien, nous allons t'aider, mon enfant. »

Il semblait plongé dans de profondes réflexions. Après avoir pris quelques notes dans un calepin, il avait regardé Monica et sa mère, et avait répété : « Très bien, nous allons t'aider », puis il les avait raccompagnées. Sur le seuil de la porte il avait dit : « Il faut faire les choses au bon moment, je vous recontacterai. »

Monica et sa mère étaient rentrées, soulagées. Le soir, au dîner, l'ambiance avait été agréable. Monica et sa petite sœur, Camille, faisaient les pitres comme chaque fois qu'elles voulaient faire disparaître la ride soucieuse du front de leur père. Il avait eu un rire triste et résigné. Il ne pouvait rien de plus pour sa fille. Le jeune André était le fils du directeur de l'usine dans laquelle il travaillait. Il n'avait pas d'autre choix que de se taire et serrer les dents. « Faire passer » ce bébé et oublier tout ça.

Une semaine s'écoula. Puis deux. Le docteur ne se manifesta pas. La mère de Monica avait essayé de la rassurer en disant : « C'est un médecin, il sait ce qu'il fait, attendons encore un peu. »

Mais elles savaient toutes les deux que plus le temps passait, plus l'opération allait être dangereuse. Elles avaient attendu une semaine de plus puis étaient retournées en ville, au cabinet du médecin.

Il les avait reçues brièvement. Avec un sourire rassurant, il avait dit : « Ne vous inquiétez pas, encore un peu de patience, je contrôle la situation, attendez mon appel. »

Elles étaient reparties, plus ou moins rassurées.

Une semaine encore. Puis une autre.

Quand elles se décidèrent à retourner une nouvelle

fois chez le médecin, il ausculta Monica, puis il déclara : « La grossesse est trop avancée, je ne peux plus intervenir. Ça serait dangereux, l'enfant est trop gros. »

Monica s'était mise à pleurer, sa mère avait répliqué : « Mais c'est vous qui nous avez demandé d'attendre, vous aviez dit que vous contrôliez la situation ! »

Le médecin avait repris son calepin, griffonné quelques notes au crayon, froncé les sourcils, puis avait marmonné une phrase inintelligible dans laquelle Monica avait saisi les mots « science », « nature », « humilité ».

La mère de Monica avait haussé le ton : « Vous nous avez dit d'attendre ! Pourquoi vous nous avez dit d'attendre si c'est pour nous dire après que c'est trop tard ? »

Là, le médecin l'avait regardée avec des yeux sévères et avait dit : « Madame, inutile de me parler sur ce ton, j'ai fait de longues études, je suis médecin, je connais mon métier. Ce que vous m'avez demandé est illégal, je pourrais vous dénoncer pour ça. Rien que pour l'avoir demandé, vous pourriez aller en prison. Votre fille aussi. Ce bébé naîtra et je trouverai une solution pour lui, n'ayez aucune crainte là-dessus. »

Monica pleurait toujours, assise sur la table d'examen. Elle n'avait pas trouvé la force d'aller se rhabiller. Le médecin s'était approché d'elle et lui avait parlé avec douceur : « Allons, mon enfant, ça n'est pas si terrible, tu verras. D'autres sont passées par là avant toi. Ta mère est passée par là avant toi. Nous allons faire tout ce qu'il faut pour que tu aies le moins d'inconfort possible. Il reste moins de six mois. Qu'est-ce que c'est que six mois ? Ça n'est rien. Ce sera le printemps et ta vie commencera. Nous trouverons une famille pour l'enfant. »

Il avait regardé la mère de Monica : « Si c'est un garçon, je m'engage même à ce que nous l'adoptions, mon épouse et moi. Votre fille semble en bonne santé, ce sera un beau gaillard. »

Monica avait donc poursuivi sa grossesse.

Au début, elle avait continué de vivre normalement. Elle avait même revu Paul un jour au marché. Il venait chercher du lait, du beurre et des œufs pour son père, qui était glacier. Il l'avait raccompagnée jusque chez elle, et ils s'étaient vus de plus en plus régulièrement. Elle avait fini par lui raconter pour le bébé, il lui avait pris la main en lui disant qu'il la verrait aussi souvent qu'elle le souhaiterait et qu'il lui apporterait des glaces. Ce qu'il avait fait.

Quand le ventre de Monica était devenu trop difficile à cacher et qu'elle était restée enfermée dans la maison de ses parents, pour éviter les commérages, Paul avait continué de lui rendre visite en lui apportant des glaces chaque jour.

Le médecin aussi était venu de la ville plusieurs fois, surtout vers la fin, pour surveiller l'avancement de la grossesse.

Monica sentait le bébé bouger et cette sensation étrange à l'intérieur d'elle la faisait rire, comme si on la chatouillait du dedans. Souvent, quand elle était seule le soir dans sa chambre, elle parlait à l'enfant. Elle lui disait que tout se passerait bien, que s'il était un petit garçon il irait vivre chez ce médecin qu'elle n'aimait pas mais qui serait certainement un bon père, qui lui offrirait tout ce dont il aurait besoin.

Lors d'une de ses visites, le médecin avait

expliqué qu'il avait déjà quatre filles et qu'avec son épouse ils seraient heureux d'avoir un fils. Alors Monica avait imaginé son bébé entouré de quatre sœurs et s'était persuadée que c'était ce qu'il y avait de mieux pour lui. Elle était certaine que c'était un garçon.

Le travail avait commencé quelques jours après le carnaval. Monica n'en garde qu'un souvenir brumeux. Ça avait été long, ça elle s'en rappelle. « Presque deux jours », lui avait souvent répété sa mère. Le médecin était venu plusieurs fois.

À la fin il était resté cinq heures entières, ses gros sourcils froncés. Il semblait réfléchir, hésiter. Mais il disait : « Tout se passe bien, il n'y a pas à s'inquiéter. »

Finalement le bébé était arrivé, Monica l'avait senti glisser hors d'elle, la vidant de cette masse qui lui était devenue si familière. Une lueur sur le visage du médecin. « C'est un garçon ! » Pour la première fois elle le voyait sourire.

Il avait palpé, soupesé le petit être hurlant et violacé en répétant à plusieurs reprises : « C'est un bien joli gaillard. » Il avait posé son stéthoscope contre ses côtes encore maigres, puis il avait regardé Monica : « On dirait bien que tu vas retrouver ta liberté, mon enfant. »

Il avait emmitouflé le bébé et était sorti de la chambre.

Monica apprit plus tard qu'il avait laissé à sa mère une enveloppe avec un peu d'argent. « Pour le désagrément », avait-il dit. Puis il était parti avec le petit.

La mère de Monica ne lui avait donné l'enveloppe que quelques mois plus tard, quand elle était partie vivre en ville pour commencer ses études d'infirmière après avoir refusé la demande en mariage de Paul. Elle avait décidé de devenir faiseuse d'anges.

Assise derrière sa table en plastique, Monica termine sa bière. Elle espère trouver du gin au Luxembourg. Pourquoi avait-elle demandé le Luxembourg, d'ailleurs ? C'était sorti comme ça. Peut-être à cause du Mullerthal, cette région de forêts, de falaises et de rivières qui, paraît-il, rappelle les Alpes suisses. Une falaise c'est rapide, ça ne transige pas. Elle arpenterait la forêt à la recherche d'un endroit discret, loin des chemins des promeneurs. Pour qu'on ne la retrouve pas trop vite. Ou même pas du tout. Ça vaudra mieux que le plan d'Olivier. N'importe quelle destination vaudra mieux que le plan d'Olivier.

D'ailleurs, c'est le moment de le rejoindre.

Monica va jeter sa cannette vide dans une poubelle.

Elle songe aux derniers mots de Romain Gary dans la lettre qu'il a laissée avant de se suicider en 1980 : « Je me suis enfin exprimé entièrement. »

Elle a fini de s'exprimer depuis longtemps déjà. Peut-être qu'elle aurait dû mourir comme lui, à l'âge de soixante-six ans.

Il n'existe pas de luxe plus grand que celui de choisir le jour de sa mort. La dernière bouche qu'on embrasse, le dernier regard qu'on échange. Les bras qui nous serrent au moment de partir.

Les forêts du Mullerthal. Ça sera son dernier choix.

Elle marche en direction du parking. Elle suppose qu'Olivier sera encore allé pisser. Il semble vivre un véritable supplice avec son appareil urinaire enflammé. Mais elle ne parvient pas à le plaindre. Elle passe à côté du van dans lequel le cheval s'agite un peu. Il doit avoir envie de marcher. Ou d'aller se dégourdir les jambes entre les arbres qu'il devine sans doute, à quelques mètres. Le type avec son bras mort termine de regonfler les pneus de sa voiture.

À cet instant, Monica voit passer le petit utilitaire bleu sur la bande de lancement qui repart vers l'autoroute. Elle a le temps d'apercevoir Olivier, le regard fixé sur l'horizon devant lui. Et Julie, qui a pris place sur le siège avant. Leurs yeux se croisent. Monica ne parvient pas à déchiffrer l'expression de Julie, à la fois navrée et indifférente.

Elle soupire, fatiguée. Un diesel puissant démarre sur le parking. Monica tourne la tête.

Joseph

Avant de commencer à vous raconter cette histoire, je tiens à préciser que je n'ai jamais eu de problèmes d'érection. Non que j'en aurais eu honte, il n'y a aucune honte à avoir des problèmes d'érection, mais moi je n'en ai jamais eu. Jamais.

Je m'appelle Joseph et je suis représentant en acariens. Quand j'étais petit je voulais devenir astronaute et puis bon… la vie…

C'est important, les acariens. Pour les éleveurs de poules principalement. C'est un prédateur naturel contre les poux rouges. Les poux rouges attaquent les poules, les poules ne pondent plus, l'éleveur est désespéré, il m'appelle, j'arrive avec mes acariens, c'est le cycle de la vie.

Ce soir-là, en rentrant de tournée, je m'étais arrêté dans une station-service. Sur le parking, un panneau de sécurité routière représentait un homme souriant avec une petite fille dans les bras : « Toutes les deux heures, une pause s'impose ! »

J'aurais voulu être cet homme. Un père de famille responsable, rangé, des enfants qui sautent sur mon lit le dimanche matin. Et une femme. Pas forcément spectaculaire, ni brillante ni belle, juste une femme qui m'aurait aimé, et que j'aurais aimée en retour.

Je pensais à tout ça sous la lueur orangée des néons, en marchant vers la buvette. Il me fallait un café. Peut-être un paquet de chips.

Je l'ai vue tout de suite en entrant. Brune, mince, taille moyenne, un débardeur gris sur un pantalon de survêt rose pâle. Le genre de survêt qu'on voit dans les séries américaines. Moulant, seyant, bien coupé. Le genre de survêt auquel je ne crois jamais. Je me dis toujours : « Il est neuf, ils ont dû arracher les étiquettes juste avant de tourner la scène. »

Mais là c'était une vraie femme, qui le portait dans la vraie vie.

Debout devant une table haute, elle photographiait son gobelet de café, avant de tapoter quelque chose sur son smartphone, les doigts agiles et rapides de ceux qui postent vingt photos par jour sur les réseaux.

Comme elle était juste à côté de la machine à café, j'ai tenté ma chance. Avisant la mousse grisâtre mouchetée de poudre de cacao qui disparaissait déjà dans le gobelet en plastique, j'ai dit : « Cappuccino double crème ? »

Elle a levé les yeux vers moi. D'abord sur mon visage, puis sur mon ventre, qui lui racontait mieux que moi les heures passées assis derrière un volant et mon régime alimentaire de postado. Quand ses yeux sont revenus sur mon visage, ils exprimaient un mélange de mépris et d'exaspération contenue.

« C'est ça. »

J'ai bredouillé : « Ah bon, ben je vais prendre la même chose alors. »

Le temps que cette machine me serve, j'ai éprouvé, pour la première fois de ma vie, la honte d'exister. Honte d'avoir été un jour mis au monde. Dans le silence du restoroute, le mépris de cette femme et le son du café qui coulait au fond du gobelet en plastique m'ont donné envie de disparaître.

J'ai attrapé mon cappuccino double crème et me suis installé à une autre table, près de la porte, le plus loin possible d'elle. J'ai avisé un paquet de chips dans le distributeur qui me faisait face, mais je n'osais plus le moindre mouvement. Ni surtout le moindre bruit.

Derrière le comptoir, un homme et une femme riaient. Peut-être qu'ils se moquaient de moi.

La femme au survêt me faisait peur. J'ai repensé à ma maîtresse d'école. Elle avait ce même air excédé quand elle me regardait. À chaque réunion avec mes parents, elle leur disait : « Il est sensible celui-ci, on peut rien lui dire. » C'est vrai que j'étais sensible. Je pleurais sous n'importe quel prétexte.

Mon père était photographe, il tenait une boutique dans le village où on habitait. Il développait les films que les gens lui apportaient, il vendait des cadres, réalisait des portraits. Et le week-end il écumait les mariages, les communions et tous ces événements que les gens ne veulent pas oublier. Et puis parfois il faisait des photos juste pour lui. Il était fasciné par le beurre. Il en avait même fait une exposition et un livre. Beurre frais, beurre à l'ail, beurre aux épices, beurre d'été, beurre d'hiver. Il m'expliquait qu'il y avait plein de couleurs et de textures, que rien n'était plus beau ni plus photogénique que les gouttelettes qui se forment à la surface du beurre salé. Un jour, après une réunion où la maîtresse avait encore dit que j'étais sensible, il m'avait emmené dans son labo et il m'avait montré.

« Tu vois, Joseph, pour pouvoir faire une photo, on a besoin de pellicule. » Il avait éteint la lumière, allumé l'ampoule rouge, sorti une cartouche Ilford de sa boîte et avait commencé à dérouler quelques centimètres de bande brunâtre sur la table.

« Sur la pellicule, il y a une émulsion qui la rend sensible à la lumière. Quand on prend la photo, on laisse entrer la lumière pendant un temps très court et hop ! la pellicule capture l'image. Sans sensibilité, on ne peut pas fabriquer de souvenirs. Et il y a des pellicules plus sensibles que d'autres. Plus c'est sensible, moins il y a besoin de lumière, et plus on peut capturer des images surprenantes et rares. C'est de la magie. »

Il était mort quelques mois après ça, une crise cardiaque toute bête, à l'âge de quarante-quatre ans, comme Michel Berger.

Je n'avais gardé de lui qu'une cartouche d'Ilford Delta 400 ISO, que je conservais dans la boîte à gants de ma voiture, comme un porte-bonheur, et un tirage noir et blanc représentant une motte de beurre salé posée sur une assiette noire, derrière laquelle on devinait une fenêtre rustique qui laissait entrer les premières lueurs de l'aube.

Dans la buvette, la jeune femme a terminé son cappuccino. Elle s'est levée, a jeté son gobelet et s'est dirigée vers la porte. Arrivée à ma hauteur, elle s'est arrêtée. J'ai plongé le nez dans mon café, comme si j'y avais soudainement remarqué quelque chose de fascinant.

« Comment tu t'appelles ?

– Joseph.

– Tu fais quoi dans la vie, Joseph ?

– Je suis représentant de commerce. En intrants alimentaires pour élevage industriel. »

J'ai pas osé parler des acariens.

« Moi c'est Chelly. Je suis prof de pole dance.

– Oh waouw, c'est heuuuuuuu… j'adorerais vous voir… »

Je ne parvenais pas à terminer cette phrase intelligemment alors je l'ai laissée en suspens.

Elle a bâillé, sans mettre la main devant sa bouche.

« Bon, Joseph, t'as pas envie de baiser ?

– Que… Quoi ?

– J'ai envie de baiser, t'es là. Et un peu d'exercice me ferait pas de mal. À toi non plus, d'ailleurs. Alors, tu veux ?

– Mais quoi, ici ? »

Elle a levé les yeux au ciel.

« Mais non, pas ici !

– Ah.

– Sur le parking. Ma voiture est grande. »

Ici, je dois recontextualiser plusieurs choses. D'abord, je n'aime pas le mot « baiser », je préfère « faire l'amour ». Ensuite, j'aime bien tout ce qui vient avant l'acte sexuel : le verre, le dîner, la tension, tous les petits signes qu'on s'envoie pour se dire qu'on a envie, la peur de se prendre un râteau, le soulagement du premier baiser, tout ça j'adore.

Et puis j'aime bien prendre mon temps.

Et puis je n'aime pas beaucoup qu'on me prenne pour un engin de fitness.

Mais. Je n'avais pas eu de relation sexuelle avec un autre être humain que moi-même depuis plus d'un an. À tel point que je commençais à me demander si j'en étais encore capable. Et puis, quelque part, j'enviais un peu ces gens qui enchaînaient les relations sur Tinder. Je me demandais parfois si je ne passais pas à côté de quelque chose. Tout ça pour dire qu'à ce moment-là je me suis senti l'âme d'un aventurier du sexe.

Conquérant et intrépide, j'ai dit : « Ah euh, oui, pourquoi pas... »

En la suivant sur le parking, j'observais le galbe

de ses épaules. La peau satinée sur les muscles ronds. Tout à coup, une question m'est venue : « Dites, Chelly, vous n'allez pas me demander, enfin, on est bien d'accord que vous n'êtes pas... »

C'était gênant comme question.

« Je veux dire, et ce n'est pas un jugement de valeur du tout, mais si...

– Non, je suis pas une pute. »

Elle a actionné la télécommande qu'elle tenait en main. Un gros Hummer noir a clignoté. Elle a grimpé sur la banquette arrière. Je l'ai suivie. Il y avait une odeur bizarre. Un mélange d'arbre magique, de parfum de femme et d'autre chose. Quelque chose que je connaissais mais que j'ai mis quelques secondes à identifier. Le sang. Cette voiture sentait le sang. Une odeur forte et écœurante. Chelly avait déjà ôté son débardeur, elle était occupée à retirer ses baskets.

J'essayais de réfléchir rapidement. Et si j'étais tombé sur une dingue ? Un genre de mante religieuse qui baise des types sur des parkings de station-service avant de les tuer ?

Puis la raison a repris le dessus. Cette fille devait

peser cinquante-cinq kilos tout habillée, et là elle ne l'était plus. Trente kilos de moins que moi, je ne risquais rien.

Elle a semblé un peu agacée que je ne me sois pas déjà déshabillé, alors elle s'est contentée de baisser mon pantalon et de me prendre à califourchon. Je bandais un peu mou, à la fois excité et perturbé par la situation.

J'ai renversé la tête en arrière en fermant les yeux, bien décidé à profiter du moment. Elle bougeait bien, je commençais à trouver ça pas mal. Il fallait juste que je fasse abstraction du côté engin de fitness. J'aurais voulu la serrer, coller mon buste au sien, l'embrasser, mais elle restait cambrée, loin de moi. Alors j'ai rouvert les yeux et c'est là que j'ai vu le contenu de son coffre. Une bêche et une masse indistincte sous une couverture.

« C'est quoi que tu transportes ? »

Elle s'est interrompue une demi-seconde, puis a repris son mouvement.

« Mon chien. Je voudrais l'enterrer dans les Ardennes.

– Ah, il est mort ?

– Non, il est dans une forme olympique, c'est pour ça que je te parle de l'enterrer.

– Et qu'est-ce qui lui est arrivé ?

– Bon, on parle de mon chien ou on baise ?

– C'est-à-dire que là, j'ai un peu perdu ma concentration. »

La proximité d'un chien mort m'avait fait complètement débander.

Elle s'est retirée en poussant un soupir rageur.

« Je suis désolé. »

Elle commençait déjà à se rhabiller.

« C'est la première fois que ça m'arrive, faut peut-être juste qu'on prenne un peu notre temps, tu veux pas qu'on aille se reprendre un café, qu'on discute un peu ? Il s'appelait comment ton chien ? »

Elle est sortie du Hummer. Je l'ai suivie.

« Peut-être qu'on pourrait se revoir un de ces jours… »

Sans un mot, elle a ouvert la portière conducteur et s'est glissée derrière le volant.

J'ai encore tenté un « Tiens si tu veux, mon numéro c'est le… »

Mais elle a claqué la portière en plein milieu de ma phrase et est partie dans un rugissement de diesel.

Je suis resté là, comme un con, à regarder le panneau avec le type et sa petite fille, et j'ai eu envie de pleurer. Ça ne m'était plus arrivé depuis longtemps. Une grosse boule qui gonfle dans la gorge et la lèvre inférieure qui se met à trembler. Je me suis trouvé vraiment con de ressentir cette envie de pleurer sur ce parking, mais c'était beaucoup plus fort que moi. Je regardais la petite fille sur le panneau et c'est comme si elle avait été ma fille et qu'elle était morte. J'ai commencé à sangloter comme quand la maîtresse me parlait sèchement à l'école.

Je me suis demandé ce que mon père aurait pensé s'il avait su que j'étais devenu représentant en acariens. Sans doute qu'il aurait été content que je passe autant de temps à la campagne, dans des fermes. Et que je fasse quelque chose d'utile.

C'est là que j'ai entendu la femme crier.

Antoine

La première fois que le lac m'a parlé, je courais. L'automne était arrivé tôt sur la montagne cette année-là. J'avais sept ans et les adultes disaient « l'été s'en va », « le printemps arrive », alors je croyais que les saisons étaient des personnes. Des sorciers, ou des créatures magiques qui venaient vivre ici quelque temps, puis qui s'en allaient. Des créatures si puissantes qu'elles emportaient leur chaleur ou leur neige avec elles. Je ne comprenais pas pourquoi on ne demandait pas à l'été de rester pour toujours.

Je courais sur le flanc du Bösenhorn. Les enfants du village me poursuivaient avec la tête du loup.

Stan était un grand de dix ans. Normalement, il ne venait jamais se balader si loin du village. C'est pour ça que je jouais par ici. Eux, ils restaient sur la combe du Piz Cal. Alors moi j'allais plus loin, sur le Bösenhorn, du côté du lac. Mais ce jour-là, ils étaient venus jusqu'ici et je ne les avais pas entendus arriver. Peut-être qu'ils m'avaient suivi. Je regardais le cadavre du loup. Il avait dû mettre du temps à mourir. Sans doute qu'il s'était traîné une partie de la nuit, blessé à mort par des chiens de berger. Je me demandais s'il avait compris qu'il allait mourir et s'il avait essayé de se trouver un bel endroit pour faire ça. La berge du lac. Je le comprenais. C'était le plus bel endroit que je connaissais. Les montagnes alentour semblaient s'être donné rendez-vous autour de ce plan d'eau, dont la couleur changeait en permanence, de l'émeraude laiteux au noir compact. Comme un trésor caché qu'elles protégeaient. Peut-être que c'était lui qui les avait rassemblées ici, qu'il les rendait vivantes, qu'il était leur intelligence. J'avais déjà l'intuition que le lac vivait et qu'il recelait un pouvoir dont un simple cerveau humain ne pouvait entrevoir la puissance.

Le loup avait voulu rendre son dernier souffle sur sa berge. Il devait savoir que mourir au bord de ce lac n'était pas vraiment mourir.

C'était un animal magnifique, immense, le poil gris et blanc comme la roche des sommets, là où plus rien ne pousse. Ses yeux jaunes ouverts, tournés vers le lac qu'il n'avait pas réussi à atteindre. Peut-être que son âme s'était échappée par ses yeux, que les eaux noires l'avaient aspiré et qu'il faisait partie d'elles désormais. Les mouches commençaient à s'agglutiner sur ses paupières et dans sa gueule ouverte. Je les chassais d'un revers de la main mais elles revenaient. Je savais que la forêt allait manger son corps, c'est toujours comme ça que ça se passe. Je savais que je reviendrais lui rendre visite demain et peut-être après-demain, et qu'ensuite je ne m'approcherais plus trop à cause de l'odeur. Je viendrais quand même me promener dans cette partie de la montagne parce que, de loin, c'était une odeur que j'aimais bien. Mais pour l'instant je voulais le protéger encore un peu. Rester à ses côtés. Le veiller, ou quelque chose comme ça. Quand ma mère était morte, toute la famille avait fait ça pendant quelques jours. La veiller. Elle avait besoin de compagnie. Je n'avais pas compris pourquoi on était restés près d'elle, pourquoi toute la famille était venue la voir dans sa chambre, si c'était pour la mettre ensuite dans une boîte et l'enterrer. Mais j'ai compris plus tard. La boîte, c'était pour cacher l'odeur.

Je réfléchissais à tout ça en regardant le loup et peut-être même que je lui parlais, en tout cas je n'ai pas entendu les autres approcher.

« Un loup ! »

Ils étaient trois, ils ont couru et se sont groupés autour du corps. Comme si je n'étais pas là.

« T'as vu ce truc ?

– Il est mort de quoi, tu crois ? »

Stan s'est penché. Il était grand pour son âge. Et fort. Les adultes l'aimaient bien parce qu'il était beau et qu'il savait séduire. On lui passait les pires bêtises à cause de son regard dans lequel on pouvait lire : « Je sais que c'est pas bien, madame, mais c'est moi, Stan ! »

Il était au-dessus des lois. C'était comme ça, c'est tout. Il y avait le commun des mortels et il y avait

Stan. Il ne manquait jamais de dénoncer celui qui dérogeait au règlement mais ce règlement ne s'appliquait pas à lui. Et dans le village de Tinrü, personne n'avait songé à remettre cet état de fait en question. Il venait d'une famille de bergers qui avait vendu ses terres sur le versant nord du Pärtangrat, quand une station de ski y avait été construite.

Ici il n'y aurait jamais de station de ski. Ils avaient essayé longtemps auparavant. Sur le versant nord du Bösenhorn, au-dessus de Tinrü. Une route avait été construite depuis le village. Elle avait permis d'acheminer les matériaux pour commencer à construire les remonte-pentes et un premier hôtel-restaurant. Mais une fois là-haut, rien ne s'était passé comme prévu. Plusieurs accidents avaient causé la mort des gars qui travaillaient sur le chantier. Dans la vallée, la rumeur s'était répandue. Le projet était maudit. Une créature hantait les sommets et dévorait ceux qui s'aventuraient sur son territoire. Plus le promoteur s'entêtait, plus il y avait de morts. Le projet avait été définitivement enterré le lendemain de son inauguration quand une télécabine s'était décrochée de son câble, tuant ses quatre occupants sur le coup. La municipalité n'avait jamais démonté les quelques installations qui avaient été érigées. Au bout de la route, les vestiges de cette station fantôme subsistaient, les câbles et les cabines servaient de supports à la végétation qui les avait engloutis. Le restaurant d'altitude tombait en ruine. Plus personne ne s'aventurait jusque-là. Sur l'autre versant du Bösenhorn, le lac avait retrouvé sa tranquillité.

Il n'aime pas les intrus.

C'est lui qui me l'a dit. Quand il a commencé à me parler vraiment, après ce jour-là.

Stan s'est mis à donner des coups de pied au loup. Les deux autres ont fait comme lui. Karl et Fabio. Dans son ventre, dans son museau. Puis Stan a dit : « Hé ! Si on lui coupait la tête ? »

Les autres avaient l'air contents de cette idée, alors Stan a sorti son petit couteau de poche et il a commencé à découper la gorge du loup. Moi je ne sais pas pourquoi je suis resté là à regarder... Il était déjà mort mais j'avais l'impression qu'ils le tuaient encore.

Ce loup était mon ami, même si je ne l'avais

pas connu vivant, et même si je n'avais pas passé beaucoup de temps avec lui, il y a des amitiés qui existent, c'est tout, elles n'ont pas besoin de naître et elles n'ont pas besoin d'être entretenues.

Le loup était mon ami et les autres lui faisaient du mal mais je n'ai rien dit parce qu'ils étaient vraiment beaucoup plus forts que moi et ils paraissaient avoir oublié que j'existais, tout occupés qu'ils étaient à découper sa tête. Je suis resté là à regarder. J'ai pensé que quand ils auraient fini ils s'en iraient et que je pourrais faire quelque chose pour mon ami. J'ai regardé vers le lac, dont je devinais les eaux aveuglantes à travers les arbres. Le soleil étincelait dans le ciel et si un vent froid n'était pas venu mordre mes bras nus, j'aurais pu penser que l'été revenait. Qu'il avait changé d'avis, qu'il chassait l'automne et qu'il s'installait ici pour quelques mois de plus. Ou pour toujours. Je me demandais si les feuilles jaunes pouvaient redevenir vertes.

« Hé, Antoine ! »

J'ai regardé vers Stan.

« Fais gaffe, il va te manger ! »

Stan avait les mains, les bras et le sweat-shirt

couverts du sang qui s'échappait encore en mince filet de la tête du loup, qu'il tenait par les oreilles et brandissait dans ma direction. Les yeux jaunes me regardaient, comme s'ils étaient revenus à la vie.

« Quoi, t'as peur ? »

Je savais que si je me mettais à courir, je donnais le signal de départ à une course-poursuite.

Stan a fait un premier pas, la tête sanglante toujours tendue vers moi.

L'instant d'après je courais aussi vite que je pouvais, les trois autres lancés derrière moi, le souffle coupé par la panique. Je n'avais aucune chance, nous étions loin de Tinrü et je fonçais dans la direction opposée au village, droit vers le lac. Je ne savais pas ce qu'ils me feraient s'ils m'attrapaient mais j'étais certain que ce serait pire que tout ce que je pouvais imaginer. J'ai bifurqué sur la gauche pour éviter de me retrouver au bord de la falaise qui plongeait vers la surface argentée du lac, mais ils s'étaient déployés. C'est exactement à cet endroit qu'ils voulaient m'emmener. Je continuais de courir, aveuglé par la terreur.

Quand je suis arrivé tout au bord de l'à-pic, je

me suis arrêté. Les autres étaient juste derrière moi. J'ai regardé la tête du loup, le sang partout sur Stan et j'ai émis un bruit curieux, comme un cri ou une plainte, quelque chose que je n'avais jamais entendu. Puis une sensation de chaleur entre mes jambes, qui s'est refroidie en descendant sur mes cuisses.

Stan et les deux autres ont ri.

Je n'ai pas réfléchi. Je veux dire, je n'ai pas décidé. Mes pieds ont sauté. Je ne me rappelle pas la chute. J'imagine que ça devait être joli vu de loin. Ce corps de garçonnet malingre suspendu l'espace d'une seconde entre le ciel blanc, l'eau lisse comme un miroir et la roche grise couverte de lichen. Et puis les quelques remous provoqués par cette petite masse inerte, avalée par le monstre glacé.

C'est là qu'il m'a parlé pour la première fois. Il m'a dit que, désormais, je lui appartenais. Sa voix était effrayante et douce. Profonde, puissante, venue de sous la roche, du ventre du monde.

Il m'a dit que je lui appartenais et que toute chose devait advenir selon sa volonté. Qu'il me protégerait aussi longtemps que j'accepterais de lui obéir. Qu'il allait me prendre quelque chose maintenant mais que je serais plus fort après. Que je serais l'instrument de sa volonté, le bras armé par sa puissance, par lequel il imposerait sa loi sur le monde des hommes.

Ses eaux sombres et froides comme la mort m'ont enlacé, j'ai repensé à ma mère, la terreur m'a quitté, j'appartenais à quelque chose de plus grand que moi, plus grand que le monde du dehors, alors je n'avais plus peur. J'ai senti un choc, mon corps a tourbillonné comme au ralenti puis je suis remonté vers la surface, recraché par le monstre. L'air glacé s'est engouffré dans mes poumons tandis que mes bras s'agitaient pour maintenir ma tête hors de l'eau. Ou plutôt un de mes bras. Seul le droit répondait. Le gauche pendait contre mon corps, inerte. J'ai commencé à nager en battant des pieds vers la petite plage qui se formait à l'endroit où la falaise mourait. L'endroit que j'avais voulu atteindre quand les garçons me poursuivaient. J'espérais qu'ils n'allaient pas m'attendre là. L'eau glacée me coupait le souffle, je respirais trop vite, mes poumons me semblaient minuscules. Mais je continuais d'avancer du mieux que je pouvais, en utilisant mes pieds comme ma mère me l'avait appris. J'atteignis bientôt la grève. Les petits galets gris clair tranchants sous mes genoux. Quelque chose de chaud sur ma main gauche. Du sang, qui disparaissait en longs filets dans l'eau anthracite. Le lac a émis un grondement rauque, comme s'il digérait, ou peut-être que c'était un remerciement : « Je vais te prendre quelque chose maintenant et tu seras plus fort après. »

Je me suis relevé, puis j'ai commencé à gravir la pente douce du Bösenhorn. Mon bras ne me faisait pas mal. Je ne sentais rien. Mes vêtements trempés pesaient une tonne. Je comptais la distance qui me séparait du village en essayant de la convertir en nombre de pas. Chaque pas était un jour de la semaine. « Lundi, mardi, mercredi, jeudi, vendredi, samedi, puis arrive le dimanche et la semaine recommence. »

Sur le chemin de terre qui remontait le long du Bösenhorn, je tendais l'oreille à intervalles réguliers, guettant la présence de Stan et des deux autres. Mais rien, juste les bruissements familiers d'un ruisselet, le vent dans les cimes, le pépiement d'un couple de chocards à bec jaune. Et la voix du lac. Je savais qu'elle ne me quitterait plus. Que ma vie serait simple désormais. Qu'il me suffirait de lui obéir. Qu'elle serait ma mère. Que la vérité, l'origine et la fin du monde résidaient ici, dans le ventre du Bösenhorn. Et qu'elle m'avait élu.

Les ordres du lac ne sont pas arrivés tout de suite. J'imagine qu'il m'a laissé le temps de grandir. Au début il m'envoyait plutôt des messages de réconfort, quand j'étais à l'hôpital, à cause de mon bras. Je frissonnais au milieu de la nuit, et je savais que ça venait de lui. J'imaginais la surface noire sous la lune, à quelques kilomètres de moi, froissée par les vibrations qui venaient du ventre du Bösenhorn, et je savais que je n'étais pas seul.

Ensuite il m'a demandé des offrandes. De toutes petites choses faciles au début. Des billes, un sandwich, un ours en peluche… Puis avec les années il m'a demandé des objets plus compliqués à trouver, des bijoux, des clefs de voiture, des petits animaux. J'allais les voler à l'endroit qu'il m'indiquait, puis je venais les lui offrir du haut de la falaise, là où j'avais sauté le premier jour. Je lui disais que j'étais prêt à accomplir quelque chose de plus grand, que j'étais un homme maintenant.

Quand j'ai eu dix-huit ans, mon père a pensé que ce serait bon pour moi de travailler. Alors il m'a trouvé ce poste de palefrenier dans une écurie professionnelle plus bas, dans la vallée. Celle de Saveria Jochen-Sigwald. Saveria Jochen-Sigwald, c'est une grande championne de jumping. Elle est gentille avec moi. Elle ne me parle pas souvent mais quand on se croise elle me salue, toujours. Une femme bien. Le mois dernier, elle est venue me demander si j'accepterais d'accompagner toute l'équipe pour une compétition à La Haye. Il leur manquait un groom et ils avaient pensé à moi. C'était une forme de promotion, je crois. J'ai pensé que ça ferait plaisir à mon père, alors j'ai accepté. C'est important de faire plaisir à mon père. Il m'a dit qu'à ma prochaine « connerie » il me mettrait à la porte de la maison. Je ne veux pas d'ennuis. Je ne veux pas quitter ma maison. Ni m'éloigner du Bösenhorn.

Le nom de Saveria Jochen-Sigwald est indissociable de celui de Red Apple, son cheval, un petit quarter horse alezan. Les mauvaises langues disent qu'elle n'est qu'une cavalière moyenne, que le seul champion du duo c'est Red Apple. Que sans lui elle n'aurait jamais remporté son titre olympique, qu'elle n'est rien sans ce petit cheval hors du commun, au tempérament vif, généreux et fier. Pourtant au départ personne n'avait misé sur lui, à cause de sa taille. Mais il avait un don, il volait au-dessus des obstacles. Il n'avait jamais renversé la moindre barre en cinq ans de compétition internationale. Red Apple était une légende. Et il était gentil. Comme Saveria Jochen-Sigwald.

Le lac m'a parlé dans l'après-midi, dans une forme de rêve éveillé. J'étais dans le paddock, à La Haye, je regardais Saveria et Red Apple s'échauffer avant d'entrer en piste et la vibration m'est parvenue, aussi puissante que si je m'étais trouvé sur le flanc du Bösenhorn. Il m'a dit : « Voilà. Voilà ce que je veux. Le cheval. Tu l'amèneras de nuit, en haut de la falaise. Tu verseras de l'essence sur sa robe. Puis tu monteras dessus, à cru. Et tu craqueras une allumette. Il dansera dans les flammes. Je veux l'orange du feu qui éclabousse le noir de la roche. Je veux entendre les cris de la gorge du cheval et voir fondre vos yeux. Il se cabrera, puis il sautera, comme tu as sauté, vos silhouettes incandescentes suspendues dans la nuit, la dilatation du temps, le parfum de la peau cuite, vos masses qui rencontrent la mienne, qui entrent et s'enfoncent. Je vous accueillerai, tout au fond, où le soleil ne vient jamais, et tu n'auras plus peur. Je te garderai près de moi. Et le cheval aussi. Vous ferez partie de moi, et nous choisirons un nouvel élu, pour accomplir notre volonté. »

Quand je l'ai fait monter dans le van, Red Apple m'a suivi, docile, confiant. Tout le monde faisait la fête sur la plage, on m'avait demandé de rester près des chevaux pour les surveiller. J'ai pris un petit van et une voiture banale, c'est moins voyant que le gros camion. Je dois faire vite, rouler jusqu'à l'aube. Si tout se passe comme prévu, ils ne s'apercevront de la disparition du cheval qu'à leur réveil.

Le jour se lèvera sur le Bösenhorn, et tout sera déjà terminé.

Gigi

Je l'appelais Pupute depuis si longtemps que j'avais oublié son vrai nom. Il faut dire que c'est ce qu'il était. Une pute. Il vivait au château depuis une quinzaine d'années. Quand je l'ai rencontré, c'était un homme plutôt petit, maigre des épaules, les hanches grasses. Des mains chétives aux ongles jaunes. Aujourd'hui c'est le même, avec quinze ans de plus. Ses cheveux ont blanchi, le gras de ses hanches s'est propagé sur l'abdomen. Je ne l'ai jamais trouvé séduisant.

Pupute n'est pas une pute de luxe. Quand je parle du château, il faut le dire vite. Un tas de vieilles pierres baignant dans une brume sale. Lorsque le soir tombe, il ressemble à un catafalque sous la lune. Un héritage de mon mari.

Le jardinier de l'époque, un type assez brillant je crois, avait créé un labyrinthe de buis et de rosiers. Il s'étendait en pente douce depuis le large escalier du perron jusqu'aux étangs, tout en bas du parc. La pyrale du buis était passée par là, le labyrinthe était mort. Enfin, pas complètement. C'était pire. Cette salope prenait son temps. Les massifs vert vif à certains endroits et couleur de merde à d'autres, comme si le printemps et l'automne se disputaient le territoire. Et tant que la pyrale était à l'œuvre, ça puait. Un parfum de poisson crevé envahissait le parc et l'intérieur du château. J'attendais la mort définitive du labyrinthe. Comme j'attendais la mienne. Et celle de Pupute.

Pupute a une intelligence étonnante. Par exemple il croit que le noyau de la Terre est rempli d'eau, et qu'elle est percée d'un pôle à l'autre par un cylindre, comme un rouleau de PQ. Pupute m'explique que parfois, quand une météorite percute la Terre, de l'eau s'échappe, ce qui vient gonfler le niveau des océans.

Peut-être qu'il a raison. Je m'en fous.

Il y a le chauffage dans le château. Pas partout. Pupute a bricolé un système pour que la vieille chaudière n'alimente plus que quelques pièces, la cuisine, un salon, une salle de bains et une chambre. Quand je dis qu'il a une intelligence étonnante. Je crois même qu'il a trafiqué quelque chose pour chauffer une pièce de plus. Quand il est « à bout », comme il dit, quand je vais « trop loin », il va dormir ailleurs, je ne sais pas où. J'ai déjà cherché mais il sait se cacher. Ou peut-être que c'est moi qui suis trop bourrée pour trouver. Peut-être qu'il est là, dans mon lit trop mou, dans un creux du matelas aux ressorts cassés, et que je ne le vois pas. Ou quelque part dans la chambre, roulé en boule sur l'épaisse moquette vert amande.

Quand je l'ai rencontré, il était dans une merde abyssale. Je crois que c'est ça qui m'a plu chez lui. Son indigence.

Pupute a peur que je meure. Parce qu'il n'a rien. Il se retrouverait à la rue comme quand je l'ai rencontré. En plus maintenant il a cinquante-quatre ans. Aucune chance de retrouver un travail. Je pourrais l'épouser, il hériterait du château et de quelques actions. Mais il me tuerait, j'en suis presque sûre. Et puis il ne serait plus indigent. Il me plairait moins.

Ce matin-là Pupute avait passé encore plus de temps que d'habitude dans la salle de bains. Il s'y prélassait toujours pendant des heures. Et c'était moi qui payais la facture d'eau. Je lui disais : « Comment peut-on passer autant de temps à se laver et puer à ce point ? »

Il me trouvait méchante. Je lui répondais que j'étais la seule personne à l'aimer assez pour lui dire la vérité. Il sentait le poulailler, qu'est-ce que j'y pouvais, moi ?

J'ai enfilé mon peignoir en tissu éponge pour aller l'attendre dans le jardin d'hiver. Un piano poussiéreux, un siège Emmanuelle défoncé, une serre en vitraux Belle Époque. Je me suis affalée dans le canapé en velours capitonné, moucheté de trous de cigarettes, et j'ai ouvert une bouteille de prosecco. Le champagne devenait trop cher.

J'étais occupée à chercher une tasse parmi la vaisselle sale qui traînait çà et là quand Pupute est entré, le visage plus cireux que d'ordinaire.

« J'ai un cancer.

– Comment tu sais que tu as un cancer, Pupute ?

– Je perds mes cheveux. »

J'imaginais l'agonie de Pupute, ses traitements, les allers-retours à l'hôpital, et j'ai d'abord pensé que ça nous offrirait un peu de distraction.

Puis je me suis figuré ma vie sans lui, et ça m'a un peu moins amusée. Je me suis toujours vue mourir avant lui, ce qui a du sens étant donné nos vingt ans d'écart. Penser que ma mort serait suivie de sa chute vers la misère la plus noire, vers la rue, avait quelque chose de réconfortant. Que sa déchéance reprendrait exactement là où elle s'était arrêtée le jour où nous nous étions rencontrés. Que j'aurais été une parenthèse de confort pour lui, je ne sais pas… j'aimais bien ça.

Maintenant il m'annonçait qu'il avait un cancer.

« Allons rendre visite à ta mère », j'ai dit.

J'adorais sa mère. Et je crois qu'elle m'adorait aussi. Elle était déjà morte quand nous nous sommes rencontrés, donc je ne pense pas qu'elle ait été en mesure de comprendre l'exacte nature de ma relation avec son fils. C'est une dame que j'admirais pour sa capacité à sauver les apparences. Même morte, elle restait digne sur le portrait qui ornait sa pierre tombale. Je pouvais lui parler pendant des heures. Souvent je venais seule, quand je me disputais avec son fils. Je prenais une bouteille pour elle, une bouteille pour moi, je m'asseyais sur sa tombe, comme on s'assied sur le lit d'un malade, et je lui racontais ma vie avec Pupute. Combien elle était difficile, comme il m'en faisait voir, à quel point il pouvait être égoïste. J'évitais juste les sujets sexuels. Quoique, de toute façon, il n'y avait plus grand-chose à raconter de ce côté-là.

Pupute avait un sexe long et fin comme la queue d'un chat. Parfois je lui demandais encore de me lécher, surtout quand je savais que je ne sentais pas bon de là, mais c'était juste une façon de tester son obéissance. Je le laissais s'affairer quelques minutes, puis je le repoussais du pied en lui disant qu'il ne savait pas y faire.

Je ne ressentais plus rien depuis quelques années. Avant j'aimais bien ça. Et Pupute avait réussi à me faire jouir quelques fois. Nous ne devions pas être très jolis à regarder. Ses hanches grasses contre les miennes, larges et gélatineuses. Il devait ressembler à un teckel obèse besognant un ours malade.

La mère de Pupute était enterrée à Ostende, ce qui nous faisait dans les deux heures de route pour aller la voir. Mais ça n'avait pas d'importance. Nous avions le temps.

Il a dit : « D'accord, laisse-moi juste manger quelque chose. »

Il a écrasé une banane, sur laquelle il a versé quelques flocons d'avoine, du lait tiède et du Nesquik. Il mangeait avec des gestes lents, dans une sorte de recueillement obséquieux.

J'ai eu envie d'ouvrir une fenêtre mais l'odeur de poisson crevé qui venait du labyrinthe m'en a empêchée. La cuiller de Pupute crissait au fond de son bol. Je buvais le prosecco à la bouteille en observant le parc. Je me demandais qui vivrait ici quand je serais morte. Peut-être des gens heureux. Est-ce qu'il existerait encore des gens heureux dans dix ans ?

« Tu es prête ?

– Je vais m'habiller. »

C'était lui qui conduisait. Je le trouvais plus pute

que jamais au volant de ma vieille 911. Il prenait l'air du mec à l'aise dans ce genre de voiture alors qu'il aurait dû se réveiller sous un pont à l'heure qu'il est. J'essayais de penser à autre chose, sinon la journée allait être lourde. Et puis il venait de m'annoncer qu'il avait un cancer.

« Tu t'en es aperçu ce matin ?

– Oui. Regarde ici, je n'ai presque plus de cheveux. »

Il montrait le haut de son crâne, juste au-dessus de la fontanelle.

« Il fallait que ça tombe un dimanche. »

J'ai pensé au rendez-vous qu'il faudrait prendre demain. Trouver un oncologue, les longs couloirs jaunes de l'hôpital, écouter les diagnostics, prendre un deuxième avis. Peut-être qu'il devrait dormir là. Peut-être qu'on devrait l'opérer.

« Tu crois que c'est un cancer de quoi ?

– Du cerveau. Mon groupe sanguin est naturellement prédisposé au cancer du cerveau.

– D'accord. »

La route qui quittait le château était sombre et sinueuse, même en été. Des kilomètres de forêts d'épicéas à traverser, le seul végétal qui parvenait à pousser sur cette terre acide.

Après les forêts il y avait les vallons plus clairs, des prairies, parfois un clocher au loin. Quelques villages de pierre où ne vivaient plus que des vieux, comme nous. En plus pauvres. Les écoles fermaient les unes après les autres, faute de moutards. J'ai ouvert une deuxième bouteille de prosecco. J'en avais emporté trois dans un frigobox. Je regardai mes doigts boudinés, de plus en plus ridés, étranglés par quelques bagues.

« Il est vraiment temps que je crève. »

Pupute n'a rien répondu. Mais je savais ce qu'il pensait.

Je crois que j'ai un peu dormi.

Quand j'ai rouvert les yeux, nous étions sur l'autoroute et j'avais très envie de vomir.

« Arrête-toi, Pupute.

– On est presque arrivés. »

Il aimait bien ces moments où j'étais à sa merci. Quand j'étais faible et qu'il pensait ne plus avoir à m'obéir. J'ai vomi dans le frigobox.

« Regarde, regarde, Pupute, à cause de toi ! »

J'ai lâché un rot aigre.

« Qu'est-ce que tu voulais que je fasse ? Même si je m'étais arrêté il aurait été trop tard.

– Maintenant il va falloir que j'explique à ta mère pourquoi je pue le vomi. Tu trouves ça bien ? Tu trouves que c'est une façon de se présenter à sa belle-mère ?

– Laisse maman en dehors de ça !

– Elle sera d'accord avec moi. Tu es un égoïste et un ingrat. La vie n'est pas un hôtel, Pupute ! JE ne suis pas un hôtel ! »

Il m'a tendu un mouchoir.

« On ira nettoyer tout ça dans la mer, d'accord ? Tu veux que je m'arrête maintenant ?

– Maintenant, c'est trop tard. »

Quand nous sommes arrivés, je râlais encore. Un vent chaud et puissant balayait les polders. Un moulin en ruine jouxtait la muraille du cimetière. Au loin, la route disparaissait derrière une ligne d'arbres. Tout était toujours bien rangé en Flandre. Les arbres, les canaux, les immeubles, tous semblaient obéir à une autorité invisible.

Pupute s'est agenouillé près de la tombe de sa

mère et lui a annoncé son cancer. Il s'est mis à pleurer un peu. Je n'aimais pas le voir pleurer. Je voyais très bien quand ça allait arriver. Un froissement au-dessus de ses sourcils, comme si une corde avait été tendue sous sa peau, puis ses narines se dilataient et il en sortait un liquide translucide qui lui coulait dans la bouche. Pupute pleurait plus du nez que des yeux. Il a expliqué à sa mère que sa vie avait été misérable, qu'il n'avait servi à rien, que sa mort n'affecterait personne.

Après ça on est allés jusqu'à la digue. Il était encore tôt mais nous voulions trouver un restaurant avant l'arrivée des touristes. Avant nous allions au Mange-tout, un étoilé sur le port. Mais c'était comme pour le champagne, je devais lever le pied si je voulais tenir encore une dizaine d'années.

Face à la plage, on avait l'embarras du choix. Les terrasses s'alignaient sous des vérandas en plastique. Ils proposaient tous les mêmes menus, croquettes aux crevettes, casseroles de moules au vin blanc, crêpes Mikado.

Finalement on a choisi Bij Aleksandra, du faux marbre blanc aux murs, des sets de table en papier rêche, une odeur de bisque et d'eau de Javel. La serveuse s'est adressée à nous en français avec un fort accent flamand.

« Vous préférez sur la terrasse ? »

Ses R avaient roulé comme des galets sous une vague tiède. Par un vieux réflexe pavlovien, ces R roulés dans ce français de la côte, ce français à touristes, me faisaient saliver. Mon cerveau y associait les étés que je passais à quelques kilomètres d'ici, quand j'étais gamine, et surtout la petite épicerie qui vendait des bonbons. Je tendais ma pièce de 5 francs et l'épicière remplissait un sachet en papier avec ce que je lui demandais. Elle répétait après moi, en prenant les bonbons avec ses grosses mains laiteuses :

« Deux cuberdons, s'il vous plaît.

– Deux cuberdons.

– Deux lards.

– Deux lards.

– Trois babeluttes.

– Trois babeluttes. »

Après, je reprenais le chemin de l'appartement de mes grands-parents en passant par le parking d'un immeuble immense. Le plus haut de la côte. Et le plus moche.

En matière d'immeubles moches, la côte belge pouvait prétendre à un titre mondial.

Pupute reniflait encore un peu en commandant son filet de cabillaud aux poireaux. Mais je savais que le gros de la crise était passé. La serveuse a apporté une bouteille de muscadet glacé, les plats ont suivi en moins de dix minutes. Dehors, un vent lourd se levait. Les nuages couleur graphite arrivaient du large. J'espérais voir apparaître une petite tornade au-dessus des vagues comme il s'en forme parfois. Peut-être qu'aujourd'hui les touristes ne viendraient pas.

Pupute m'a resservi un verre de vin, comme chaque fois qu'il avait quelque chose à me demander. Pupute était si prévisible.

« Tu voudras aller jouer au casino cette après-midi, c'est ça ? »

Il m'a jeté un regard de biche offensée.

« Je n'ai rien dit.

– Tu allais le faire. »

Il a répondu par un silence. Ses lèvres se sont

pincées pendant qu'il raclait le fond de son assiette vide avec sa fourchette, sur laquelle il a léché un reste de purée imaginaire. Comme s'il n'avait pas déjà assez mangé.

C'était comme ça chaque fois. Il fallait qu'il joue. Parfois je disais oui, parfois non. Je devais maintenir un certain suspense. Et je ne voulais pas qu'il croie que l'annonce de son cancer allait changer quoi que ce soit.

« Tu veux un dessert ?

– Je veux bien, a-t-il répondu sans lever les yeux.

– Je voudrais me promener un peu le long de la plage.

– Tu détestes te promener.

– Aujourd'hui j'ai envie. »

Pupute a mangé une crêpe Mikado, j'ai repris une bouteille de muscadet.

Lorsque nous sommes sortis du restaurant, la tempête avait pris de la force. Elle balayait le sable à la surface de la plage, si bien qu'il était impossible de marcher face au vent en gardant les yeux ouverts.

« On ne va pas se promener par ce temps !

– Si Pupute, on va se promener par ce temps. »

Nous avons marché jusqu'à la galerie du casino, ouverte face à la mer, supportée par ses colonnes de pierre crayeuse. Ce bâtiment semblait sorti tout droit d'un mauvais film de propagande soviétique. Le muscadet m'endormait, je devais m'appuyer sur le bras de Pupute pour tenir debout et je m'attendais à voir Staline surgir sur un cheval immense, à la robe noire, des flammes à la place des yeux. J'avais envie de dormir un peu.

J'ai entraîné Pupute hors de la galerie, sur le sable, et je me suis laissée tomber comme une grosse créature aquatique échouée. Une sorte de sirène flasque. Je n'ai jamais compris pourquoi les sirènes étaient sexy. Comment une créature sans sexe peut-elle être sexy ?

Je voulais que Pupute me laisse là. Qu'il aille jouer, tiens. Qu'il aille s'amuser tout seul. Puisque avec moi ça n'était pas possible. Il n'essayait même plus de faire semblant. Quelle pute de merde.

« Même ça tu ne sais pas bien le faire.

– Même quoi ? De quoi tu parles ?

– Pute ! Tu ne sais pas faire ! Va me chercher le frigobox dans la voiture, puis je te donnerai du fric et tu pourras aller jouer. »

Je recommençais à avoir envie de vomir. Ces croquettes aux crevettes étaient trop farineuses, je le savais. Ils y mettent de plus en plus de farine, de moins en moins de crevettes. C'est plus rentable.

« Et tu vas faire quoi pendant ce temps-là ?

– Je vais faire quoi ? Qu'est-ce que tu crois, je vais rester ici. Je suis bien ici. Avec un peu de chance la tempête m'emportera.

– Aucune tempête ne peut t'emporter.

– Va me chercher le frigobox. »

Pupute a soupiré et a pris les clefs que je lui tendais.

« Tu ne me donnes pas de l'argent pour le casino ?

– Le frigobox d'abord. »

Je pouvais aussi bien disparaître. Peut-être que le sable m'ensevelirait, que la plage m'absorberait et me digérerait avant le retour des touristes. Il resterait seulement mes bagues, que des chasseurs de trésors retrouveraient avec leurs détecteurs de métaux. Peut-être que Staline viendrait me chercher sur son cheval en feu. Ou bien Lénine. Ou bien Poutine. Tant qu'il parlait russe et qu'il dirigeait une grande puissance mondiale, ça m'irait.

Pupute est revenu avec le frigobox, qu'il a déposé à côté de moi : « Tiens. »

Je lui ai tendu 200 euros.

« Tu es sûre que tu ne préfères pas t'asseoir dans le bar du casino ?

– Oui.

– Ou dans la voiture ?

– Je suis sûre.

– Je te laisse les clefs au cas où tu changerais d'avis.

– C'est ça.

– Bon. À tout à l'heure. »

Et il a tourné les talons vers le casino.

Je me suis redressée pour soulever le couvercle du frigobox. J'avais oublié le vomi de ce matin, les deux bouteilles de prosecco en étaient couvertes. J'ai pris la moins sale des deux et j'ai remis le couvercle. L'avantage de la tempête, c'est qu'elle balayait aussi les odeurs. La marée était basse alors j'ai décidé de marcher jusqu'à la première petite étendue d'eau que la mer avait oubliée là. J'ai enlevé mes chaussures. Mes orteils aux ongles jaunes à moitié couverts d'un vernis rose écaillé se sont enfoncés dans le sable mou. Finalement j'arrivais à marcher sans Pupute. Pas forcément droit, mais je maintenais le cap. Plus le sable devenait dur, plus je trouvais une certaine stabilité.

J'ai fait quelques pas dans l'eau fraîche, ce qui a un peu dissipé la nausée. Peut-être que je ne vomirais pas, finalement. J'ai nettoyé la bouteille, suis remontée m'asseoir près du frigobox, puis j'ai guetté la formation d'une tornade au large en buvant.

Il n'y en a pas eu. Ou pas tant que j'avais les yeux ouverts. Je me suis encore endormie.

À mon réveil la tempête s'était calmée. Quelques touristes avaient pris possession de la plage, mais personne ne s'était approché de moi. Je me suis demandé depuis combien de temps Pupute était parti. L'après-midi touchait à sa fin.

J'ai repris le frigobox et me suis dirigée vers

la voiture. Les familles envahissaient à présent la digue et les rues. Les gosses en patins, une glace à la main. Des gens, des chiens, des vélos. Sur le pare-brise de la 911, une contravention. Je ne m'habituerai jamais aux parkings payants. J'ai déposé le frigobox et suis repartie vers le casino. Il était encore plus soviétique côté rue que côté plage. À l'intérieur, il ressemblait à n'importe quel casino. Une moquette immonde, rouge avec des motifs de cercles noir et blanc, une lumière forte, des machines à sous, des tables de poker entre lesquelles erraient quelques naufragés qui surnageaient mollement, le sourire aux lèvres et un Moscow Mule à la main.

Je suis allée voir les tables de roulette. Pas de Pupute. Côté black jack non plus. Peut-être aux machines à sous. Ça ne lui ressemblait pas, mais on ne sait jamais.

Non plus.

Je suis retournée vers les tables de roulette, j'avais certainement mal regardé. La nausée revenait. J'ai arpenté la salle dans tous les sens, pas de Pupute.

Peut-être que je l'avais raté. Peut-être qu'il était

descendu me chercher à la plage pendant que j'étais à la voiture. Quelle idiote. Je n'aurais jamais dû bouger de là. Je suis ressortie et redescendue sous la galerie. Rien. Je suis remontée à la voiture. Rien.

Pas la peine de s'affoler, il y avait forcément une explication. Je n'avais qu'à l'attendre ici, il allait revenir. Forcément. Il n'avait pas le choix.

Et il allait m'entendre. Qu'est-ce qu'il croyait ? J'avais été trop gentille, comme toujours. Il allait voir. Je n'allais plus rien laisser passer. Sinon quoi ? Ça ouvrirait la porte à quoi ?

J'ai ouvert la dernière bouteille de prosecco en regrettant de ne pas l'avoir rincée aussi, tant que j'étais près de la mer. Maintenant je ne pouvais plus me permettre d'y retourner et prendre le risque de rater le retour de Pupute.

J'ai allumé la radio. Je commençais à avoir faim. J'avais envie de poulet rôti. Quand Pupute reviendrait je l'emmènerais au Koekoek, où ils ne servaient que ça, du poulet, avec de la compote de pommes et des frites. Ça serait bien. Et on parlerait un peu de son cancer. Je n'y avais peut-être pas prêté assez attention.

J'ai écouté un débat politique, puis une émission consacrée à Miles Davis, et je me suis endormie.

À mon réveil, il était plus de 21 heures. Le vent était tombé, le soleil avait disparu derrière l'horizon. Les touristes rentraient chez eux. Pupute n'était pas revenu.

23 h 14. Monica regarde le Hummer noir de Chelly qui s'avance en rugissant vers la bande de lancement. La distance est parfaite. Le Hummer est parfait. Le capot à hauteur de visage, les pare-chocs qui résisteraient à la charge d'un buffle, les pneus aussi hauts qu'un enfant de six ans.

Elle se retourne et jette un coup d'œil à ses derniers compagnons. Julianne crie : « Madame ! » Alika lève les yeux. Antoine contourne le van et remonte dans sa voiture. Juliette fume sous le panneau de sécurité routière. Gigi prend appui sur l'aile de sa 911, hésitant à vomir encore ou à reprendre la route. Loïc se dirige vers la boutique en jetant un regard lointain vers le Hummer. Victoire s'étire et bâille.

Monica s'avance, pieds nus sur l'asphalte.

Une station-service le long de l'autoroute. Une nuit d'été. Si l'on exclut toujours les cadavres, mais qu'on compte bien le cheval, il n'y a maintenant plus que onze personnes présentes à cette heure précise.

D'autres arriveront. Toutes repartiront. Ici on ne fait que passer.

Merci à mes deux sages-femmes,
Stéphane Levens et Thomas Gunzig,
pour leur écoute, leur patience
et leurs encouragements.

L'EXEMPLAIRE QUE VOUS TENEZ ENTRE LES MAINS
A ÉTÉ RENDU POSSIBLE GRÂCE AU TRAVAIL DE TOUTE UNE ÉQUIPE.

ÉDITION : Sylvie Gracia et Sophie de Sivry
COUVERTURE ET CONCEPTION GRAPHIQUE : Quintin Leeds
RÉVISION : Nathalie Capiez, Isabelle Paccalet
et Nathalie Reignier-Decruck
MISE EN PAGE : Soft Office
PHOTOGRAVURE : Les Artisans du Regard
FABRICATION : Marie Baird-Smith
COMMERCIAL ET RELATIONS LIBRAIRES : Adèle Leproux
avec Marie Bréhin
PRESSE ET COMMUNICATION : Arnaud Labory (La Bande)
et Stéphane Levens

RUE JACOB DIFFUSION : Élise Lacaze (direction), Katia Berry
(grand Sud-Est), François-Marie Bironneau (Nord et Est),
Charlotte Jeunesse (Paris et région parisienne), Christelle Guilleminot
(grand Sud-Ouest), Laure Sagot (grand Ouest), Diane Maretheu
(coordination), Charlotte Knibiehly (ventes directes)
et Camille Saunier (librairies spécialisées)

DISTRIBUTION : Interforum

DROITS FRANCE ET JURIDIQUE : Geoffroy Fauchier-Magnan
DROITS ÉTRANGERS : Sophie Langlais
ACCUEIL ET LIBRAIRIE : Laurence Zarra
ANIMATION : Sophie Quetteville
ENVOIS AUX JOURNALISTES ET LIBRAIRES : Vidal Ruiz Martinez
COMPTABILITÉ ET DROITS D'AUTEUR : Christelle Lemonnier,
Camille Breynaert et Christine Blaise
SERVICES GÉNÉRAUX : Isadora Monteiro Dos Reis

En France, un livre a le même prix partout.
C'est le « prix unique du livre » instauré par la loi de 1981 pour protéger le livre et la lecture. L'éditeur fixe librement ce prix et l'imprime sur le livre. Tous les commerçants sont obligés de le respecter. Que vous achetiez votre livre en librairie, dans une grande surface ou en ligne, vous le payez donc au même prix. Avec une carte de fidélité, vous pouvez bénéficier d'une réduction allant jusqu'à 5 % applicable uniquement en magasin (les commandes en ligne expédiées à domicile en sont exclues).
Si vous payez moins cher, c'est que le livre est d'occasion.

Achevé d'imprimer sur Roto-Page par l'Imprimerie Floch
à Mayenne (Pays de la Loire), en mars 2021

ISBN : 978-2-37880-201-1
N° d'impression : 98057
Dépôt légal : avril 2021